## À PROPOS DE L'AUTEUR

Nora Roberts est l'un des auteurs les plus lus dans le monde, avec plus de 400 millions de livres vendus dans 34 pays. Elle a su comme nulle autre apporter au roman féminin une dimension nouvelle ; elle fascine par ses multiples facettes et s'appuie sur une extraordinaire vivacité d'écriture pour captiver ses lecteurs.

La couleur des roses

# NORA ROBERTS

# La couleur des roses

*Traduction française de*
ÉVELINE CHARLÈS

*Titre original :*
THE NAME OF THE GAME

*Ce roman a déjà été publié en 2016.*

© 1988, Nora Roberts.
© 2016, 2018, HarperCollins France pour la traduction française.

Ce livre est publié avec l'autorisation de HARLEQUIN BOOKS S.A.

Tous droits réservés, y compris le droit de reproduction de tout ou partie de l'ouvrage, sous quelque forme que ce soit.
Toute représentation ou reproduction, par quelque procédé que ce soit, constituerait une contrefaçon sanctionnée par les articles 425 et suivants du Code pénal.

Si vous achetez ce livre privé de tout ou partie de sa couverture, nous vous signalons qu'il est en vente irrégulière. Il est considéré comme « invendu » et l'éditeur comme l'auteur n'ont reçu aucun paiement pour ce livre « détérioré ».

Cette œuvre est une œuvre de fiction. Les noms propres, les personnages, les lieux, les intrigues, sont soit le fruit de l'imagination de l'auteur, soit utilisés dans le cadre d'une œuvre de fiction. Toute ressemblance avec des personnes réelles, vivantes ou décédées, des entreprises, des événements ou des lieux, serait une pure coïncidence.

Le visuel de couverture est reproduit avec l'autorisation de :

Ville : © SHUTTERSTOCK/J DENNIS/ROYALTY FREE

Réalisation graphique : HEJ! JEANNE

*Tous droits réservés.*

**HARPERCOLLINS FRANCE**
83-85, boulevard Vincent-Auriol, 75646 PARIS CEDEX 13
Service Lectrices — Tél. : 01 45 82 47 47
www.harlequin.fr
ISBN 978-2-2803-8592-3

# Chapitre 1

— Marge Whittier, le moment est venu de gagner dix mille dollars… Vous êtes prête ?

La concurrente, une institutrice de quarante-huit ans, originaire du Kansas, s'agita sur sa chaise. Bien qu'elle se sentît proche de la nausée, elle fixa courageusement la caméra.

— Je suis prête.

— Bonne chance, Marge. Dès que vous aurez tiré la première question, le chronomètre se mettra en marche. Allons-y.

Marge avala sa salive avant de choisir le numéro six. Tandis que les soixante secondes qui lui étaient imparties commençaient de s'égrener, sa célèbre partenaire et elle se creusèrent la cervelle pour trouver la réponse.

Il s'agissait de préciser l'élément contenu dans tout composé organique.

*La couleur des roses*

Marge pâlit. Elle enseignait l'anglais et l'histoire, mais les sciences n'étaient pas son fort. Elle lança un coup d'œil suppliant en direction de son acolyte, plus connue pour la vivacité de ses reparties que pour ses connaissances.

Le gong retentit, réduisant en fumée les espoirs de Marge. Le public émit un long murmure désappointé. John Jay Johnson, l'onctueux présentateur, posa une main compatissante sur l'épaule de la concurrente.

— Quel dommage, Marge, vous étiez si proche de la victoire finale ! Fort heureusement, avec huit bonnes réponses de plus, vous augmentez votre capital de huit cents dollars.

Il adressa son éblouissant sourire à la caméra.

— Amis téléspectateurs, nous profiterons de la page de publicité pour calculer les gains de Marge. Restez avec nous si vous voulez connaître la bonne réponse.

John Jay profita des quatre-vingt-dix secondes de pause pour se précipiter sur la ravissante vedette censée assister la candidate.

— Pompeux imbécile ! grommela Johanna.

Le pire était que les manières affables et les regards langoureux de John Jay entraient pour une bonne part dans le succès de *A vos marques*.

## *La couleur des roses*

La jeune femme jeta un coup d'œil à sa montre-bracelet avant de se diriger vers les perdants. Souriante, elle s'efforça d'apaiser leur déception tout en les guidant vers le fond du studio, où ils demeureraient jusqu'à la fin de l'émission.

Ensuite, elle donna le signal des applaudissements.

— Nous reprenons dans cinq secondes ! Suite et fin !

Un bras passé autour des épaules de Marge, que ses trois mille dollars consolaient de sa défaite, le présentateur conclut l'émission avec son brio habituel.

Après l'extinction des projecteurs, Kiki Wilson, la partenaire de Marge et vedette d'un feuilleton populaire, bavarda quelques instants avec l'institutrice de façon à lui laisser un souvenir impérissable de cette journée.

Comme elle s'éloignait de Marge, John Jay se précipita.

— A propos de ce verre, mon cœur...

— Je m'appelle Kiki.

Malgré sa fatigue, Johanna s'interposa pour entraîner l'actrice un peu plus loin.

— Je voulais vous remercier d'être venue. Je sais combien votre emploi du temps est chargé.

D'un air absent, Kiki alluma une cigarette.

*La couleur des roses*

— C'est une bonne émission, rapide et efficace.
— Vous avez été merveilleuse, j'espère que nous vous reverrons.

L'actrice exhala un nuage de fumée et observa Johanna. Cette fille connaissait son métier, c'était une vraie professionnelle. Pourtant, elle avait l'air d'une ravissante figure de mode, que l'on pouvait très bien imaginer présenter une marque de shampooing ou de rouge à lèvres. La journée avait été longue, mais le déjeuner de première classe et le public prodigue en applaudissements. Son imprésario l'avait d'ailleurs avertie que *A vos marques* était actuellement la meilleure émission de jeux.

Kiki sourit avec une pointe de malice.

— Je ne demande pas mieux, si vous m'invitez. Votre équipe est parfaite, à une petite exception près.

Johanna n'eut pas besoin de se retourner pour vérifier qui la jeune femme fixait de ses yeux mi-clos. Avec John Jay, il n'y avait pas de juste milieu : on l'adorait ou on le haïssait.

— J'espère qu'il ne vous a pas importunée ?
— Ne vous inquiétez pas, j'ai l'habitude, la profession regorge d'imbéciles.

Elle scruta le joli visage de Johanna, avant d'ajouter :

*La couleur des roses*

— Vous ne semblez pas trop marquée vous-même par cette promiscuité.

Johanna sourit.

— J'ai la peau dure.

Ceux qui la connaissaient auraient pu en témoigner : sous une apparence douce et fragile, Johanna Patterson cachait une âme d'amazone.

Pendant dix-huit mois, elle avait trimé comme une esclave pour concevoir et réaliser *A vos marques*. Dans ce monde fait pour les hommes, la fragilité n'était pas de mise, Johanna le savait. Ce qu'elle voulait, elle l'obtenait à force de volonté, mais au prix de certains sacrifices...

Ainsi, ce n'était pas son nom mais celui de son père qui figurait au générique de l'émission : Carl W. Patterson. C'était celui que les chaînes de télévision connaissaient, celui en qui elles avaient confiance. Aussi Johanna l'avait-elle utilisé... en renâclant.

Cela dit, cette association délicate durait déjà depuis deux ans. Johanna connaissait bien son métier... et son père. Elle savait qu'avec lui rien n'était jamais acquis.

Aussi travaillait-elle dur, sans jamais déléguer à quiconque ses responsabilités. Sa carrière ne

*La couleur des roses*

dépendait pas du succès ou de l'échec de l'émission, mais elle y avait mis ses espoirs.

Quelques techniciens s'affairaient encore sur le plateau après le départ du public. Il était tout juste 8 heures. Bill, l'un de ses assistants, lui apporta les enregistrements de la journée.

Depuis le matin, cinq émissions avaient été enregistrées, ce qui impliquait cinq tenues différentes pour la vedette ainsi que pour John Jay. Celui-ci insistait même pour changer de sous-vêtements entre chaque séance. Ses costumes bien coupés étaient aussitôt expédiés à un tailleur de Beverly Hills, qui les lui procurait gracieusement... moyennant une publicité tout aussi gracieuse à la fin de chaque émission.

Le travail du présentateur était terminé, mais celui de Johanna commençait. Les cassettes devaient être visionnées et soigneusement chronométrées, ensuite il faudrait parcourir le courrier des téléspectateurs afin de sélectionner de nouveaux candidats.

Cette tâche terminée, Johanna discuterait des questions suivantes avec son assistante, Bethany. Elle s'était fait une règle de tout superviser, afin d'éviter tout risque de tricherie.

Lorsque les candidats se présentaient, les jours d'audition, ils étaient aussitôt isolés. Les batteries

*La couleur des roses*

de questions étaient enfermées dans un coffre dont la combinaison n'était connue que de Johanna et de Beth.

Et puis, évidemment, il fallait s'occuper des vedettes, disposer dans les loges leurs fleurs préférées ainsi que tout un choix de boissons. Certaines se montraient charmantes et coopératives, d'autres faisaient caprice sur caprice, comme pour démontrer combien elles étaient importantes. Il fallait les flatter, les cajoler. Johanna s'en acquittait sans rechigner. Quand on a grandi dans le show-business, rien ne vous surprend plus.

— Johanna !

A regret, la jeune femme écarta son rêve de bain chaud.

— Oui, Beth ?

Sa collaboratrice la plus proche, Bethany Landman, était jeune, intelligente et énergique. A cet instant précis, elle paraissait débordante de vie.

— Je suis morte de fatigue ! dit Johanna en soupirant.

Beth se mit littéralement à danser sur place. Sa chevelure brune offrait un saisissant contraste avec la blondeur de sa « patronne ».

— Nous l'avons !
— De qui parles-tu ?

*La couleur des roses*

D'excitation, Beth se mordit la lèvre inférieure.
— Sam Weaver ! Je vais enfin pouvoir le contempler de près !

L'innocence de son amie fit monter un sourire cynique aux lèvres de Johanna. Sam Weaver hantait les rêves de toutes les femmes. Johanna ne niait pas son talent, mais elle n'en était plus à s'émouvoir pour un beau visage ou un corps musclé.

— Sais-tu que Sam Weaver vient de terminer son premier film pour la télévision ? poursuivait Beth d'une voix exaltée.

— Un navet de plus !

— Les critiques parlent d'un événement du petit écran.

— J'adore Hollywood...

Beth brandit triomphalement son agenda.

— En tout cas, j'ai appelé son imprésario. Le film passera justement sur notre chaîne.

Suivie de Beth, Johanna poussa la porte du studio et aspira une bouffée d'air frais.

— Je commence à entrevoir ton plan.

— L'imprésario s'est montré très réservé, mais...

Johanna cherchait ses clés.

— Je sens que je vais apprécier ce « mais ».

— Il est d'accord pour que Sam fasse l'émission,

*La couleur des roses*

à condition qu'elle commence une semaine avant que le film ne passe.

— Je vois... Nous lui faisons sa publicité, en quelque sorte.

— C'est cela ! Si nous acceptons, il vient.

— Sam Weaver..., murmura Johanna.

On ne pouvait contester la séduction de ce gaillard à la beauté rude, mais il avait plus que cela. Six ans auparavant, un rôle important l'avait rendu célèbre. Depuis, il gardait le haut de l'affiche.

Ce ne serait peut-être pas facile de travailler avec lui, pourtant il en valait la peine, songea-t-elle en évoquant les millions de téléspectateurs plantés devant leurs écrans. Décidément, l'expérience méritait d'être tentée.

— Bon travail, Beth, transmets-leur notre accord.

La secrétaire attendit que Johanna se fût glissée au volant de sa petite Mercedes.

— C'est comme si c'était fait. Si je pousse un hurlement strident, je suis virée ?

Souriante, Johanna mit le contact.

— Tout à fait. A demain matin.

Quelques secondes plus tard, elle jaillissait littéralement du parking. Sam Weaver... La prise n'était pas mauvaise, pas mauvaise du tout.

## La couleur des roses

Sam avait horreur de se sentir pris au piège. Assis en face de son imprésario, ses longues jambes étendues devant lui, il arborait une expression soucieuse.

— Bon sang, Marv, un jeu télévisé ! Pourquoi ne me demandes-tu pas de me déguiser en Mickey, pendant que tu y es ?

Marvin Jablonski alluma un cigare. Plus âgé que son poulain de dix bonnes années, il portait des vêtements coûteux destinés à inspirer la confiance. Il connaissait la force de l'apparence, tout comme il savait manipuler ses clients en douceur.

— Ce serait sans doute trop exiger de toi que de te demander de réfléchir une seconde.

Sam sourit. Marv venait d'adopter le ton du pauvre-imprésario-qui-se-sacrifie-pour-le-bien-de-son-poulain. C'était sa tirade préférée, celle dans laquelle il excellait.

— La publicité fait partie du métier, Sam.

— Exact, et je ne m'en plains pas. Mais un jeu télévisé !

Marv toussa à fendre l'âme, pour se donner le temps d'élaborer une stratégie. Dans le monde du show-business, il était l'un des rares à savoir combien Sam Weaver était sensible à des mots tels que « responsabilité » ou « devoir ».

*La couleur des roses*

— N'oublie pas que cette émission est programmée chaque jour pendant une demi-heure, Sam. Les gens aiment les jeux, ils aiment jouer et regarder les concurrents s'en aller avec leurs gains. Et surtout… Ce sont les femmes qui achètent la plupart des produits lancés par les sponsors pendant ces émissions, et ce sont elles qui feront le succès ou l'échec de ton film.

— C'est entendu, mais nous savons tous les deux que je ne l'ai pas tourné pour promouvoir une marque de soda.

Marv passa une main dans ses cheveux. Sa nouvelle perruque était une œuvre d'art.

— Dis-moi pourquoi tu as accepté ce contrat ?

— Tu le sais parfaitement. Nous ne pouvions réduire la projection à deux heures, il nous en fallait quatre.

— Si bien que tu as utilisé la télévision. Et maintenant, c'est elle qui t'utilise. Ce n'est que justice, Sam.

Encore un mot pour lequel Sam avait un faible… L'acteur réprima un juron et se leva pour regarder par la fenêtre. Il n'y avait pas si longtemps, il battait le pavé de cette ville, la rage au cœur. Marv avait parié sur lui. Il avait pris un risque calculé, mais un

*La couleur des roses*

risque tout de même. Sam aimait payer ses dettes, cependant il détestait se ridiculiser.

— Je n'aime pas les jeux, à moins que je n'en pose moi-même les règles.

Marv ignora la sonnerie du téléphone posé sur son bureau.

— Tu es un homme intelligent, Sam.

Juste une fraction de seconde, Sam tourna la tête vers lui. Marv avait déjà éprouvé la puissance de son regard, auparavant. C'était l'une des raisons pour lesquelles il avait fait confiance à un inconnu.

Les yeux de Sam étaient d'un bleu électrique, intense. Avec ses lourdes paupières, son visage étroit, sa bouche ferme et son nez à peine dévié par un coup de poing, il suscitait l'émoi chez la plupart des femmes.

Elles se plaisaient à imaginer les expériences qui avaient pu marquer cette face bronzée. Il y avait un mystère en lui qui les attirait, tout comme sa virilité plaisait aux hommes.

— Est-ce que j'ai le choix ? demandait Sam.

Parce qu'il connaissait son client, Marv décida qu'il était temps de lui dire la vérité.

— Infime. Ton contrat avec la chaîne t'oblige à participer à la promotion. Nous pourrions esquiver la corvée, mais ce ne serait pas bon pour ton film.

*La couleur des roses*

— C'est pour quand ?
— Dans deux semaines. Ce n'est qu'une journée de ta vie, Sam.
— Hum... Marv, si je ne me retenais pas, je déverserais une tonne de colle forte sur ta magnifique crinière.


Aussi étrange que cela parût, deux personnes pouvaient travailler dans le même immeuble, prendre parfois le même ascenseur, sans jamais se rencontrer.

Sam faisait rarement le trajet de Malibu jusqu'au bureau de son imprésario. Maintenant qu'il était au sommet de sa carrière, il passait son temps à répéter ou à lire des scénarios. Lorsqu'il avait quelques semaines de libres, comme c'était le cas en ce moment, il ne les gaspillait pas dans les embouteillages de Los Angeles ou dans les murs de Century City. Il préférait se retirer dans son ranch.

De son côté, Johanna se rendait chaque jour à son bureau de Century City. En deux ans, elle n'avait pas pris une journée de vacances. Si quelqu'un l'avait accusée de se griser de travail, elle aurait haussé les épaules. Son labeur avait un sens : personne ne

*La couleur des roses*

pourrait jamais prétendre qu'elle profitait de son lien de parenté avec Carl Patterson.

Elle pénétrait dans son bureau aux environs de 8 h 30 et ne se permettait une pause que si elle avait un déjeuner d'affaires, puis elle se remettait à la tâche jusqu'au soir.

Hormis son dévouement à l'émission, elle nourrissait un projet, celui d'un jeu fondé sur le maniement du vocabulaire, cette fois. Une idée qu'elle ne présenterait à la chaîne que lorsqu'elle serait parfaitement au point.

En ce moment, elle étudiait les questions préparées par l'une de ses collaboratrices à l'intention des futurs concurrents. Bien qu'elle dût presque coller son nez sur le papier, elle refusait de chausser ses lunettes.

Beth entra dans le bureau, un dossier sous le bras.

— Johanna ?

La jeune femme ne daigna pas lever les yeux.

— Savais-tu que sept reines d'Egypte ont porté le nom de Cléopâtre ?

— Nous n'avons pas été présentées, dit Beth.

— Très drôle… A propos, nous devrions contacter Hank Loman. Les vedettes de feuilletons attirent toujours les foules.

Beth déposa une liasse sur le bureau de Johanna.

*La couleur des roses*

— Puisque tu parles d'attirer les foules... Voici le contrat de Sam Weaver. J'ai pensé que tu désirerais le parcourir avant que je l'apporte à son imprésario.

Johanna souleva les feuillets jusqu'à ses yeux.

— Parfait. Ecoute, va déjeuner, je me charge du contrat.

— Johanna, tu n'es pas obligée de tout faire toi-même.

— J'ai juste envie de me changer les idées.

La jeune femme se leva et passa sa veste rose pâle.

— J'oubliais... fais-moi penser à tancer vertement John Jay. Il a encore commandé une caisse de champagne aux frais de l'émission.

Beth inscrivit quelques mots sur son calepin.

— Trop contente de te le rappeler, fais-moi confiance.

Sur le pas de la porte, Johanna se retourna.

— Nous examinerons les résultats des nouveaux concurrents à 3 heures. Au fait, la femme de Randy, le technicien, est à l'hôpital. Envoie-lui des fleurs. Qui a dit que je faisais tout moi-même ?

Devant l'ascenseur, Johanna souriait pour elle-même. Elle avait de la chance d'avoir Beth, pensa-t-elle. Elle prévoyait d'ailleurs que son assistante ne tarderait pas à la quitter pour voler de ses propres ailes. Mais pour l'instant, Beth était à ses côtés,

*La couleur des roses*

ainsi que toute une équipe jeune et brillante. Grâce à cette collaboration, elle était en passe de se faire un nom dans le monde cruel de la télévision.

Tandis que l'ascenseur s'élevait, la jeune femme rejeta en arrière une longue mèche de cheveux blonds et lissa les pans de sa veste. Les apparences, elle le savait, avaient autant d'importance que le talent.

Lorsque les portes s'ouvrirent devant elle, elle était satisfaite de son aspect. Quelques instants plus tard, elle pénétrait dans les bureaux de Jablonski.

Visiblement, l'imprésario avait foi dans le tape-à-l'œil. D'énormes vases chinois entouraient une sculpture de bronze qui devait représenter un torse d'homme. La moquette, d'un blanc immaculé, faisait sans doute le désespoir des femmes de ménage. De larges fauteuils de cuir rouge et noir étaient disposés autour de tables de verre sur lesquelles on avait empilé des magazines.

A l'accueil, une ravissante brunette trônait derrière une large table d'un noir brillant sur le bord de laquelle était assis... Sam Weaver. A le voir penché sur la brunette, Johanna dressa légèrement un sourcil. Elle n'était pas étonnée de le voir flirter avec une secrétaire. Après tout, son père n'avait-il pas eu une liaison avec chacune de ses employées, depuis ses assistantes jusqu'aux réceptionnistes

*La couleur des roses*

qui travaillaient pour lui ? La seule chose qui la surprenait, c'était que l'acteur était encore plus séduisant en chair et en os que sur l'écran.

Vêtu d'un simple jean et d'une chemise de coton, il n'avait nul besoin, pour exercer ses charmes, d'un diamant au doigt ou d'une montre en or. Il suffisait d'observer l'expression extasiée de la brunette pour s'en convaincre.

— Elle est ravissante, Gloria.

Sam se pencha davantage sur les instantanés que la réceptionniste avait étalés sur la table.

— Vous avez de la chance, ajouta-t-il.

Gloria sourit à la photographie de sa fille, puis à Sam.

— Elle a six mois. Je viens de terminer mon congé de maternité et elle me manque déjà.

— Elle vous ressemble.

Les joues de la jeune femme s'empourprèrent de plaisir.

— Vous le pensez vraiment ?

— Bien sûr ! Regardez ce menton. Je parie qu'elle vous prend tout votre temps.

— Vous ne croiriez jamais...

La jeune mère allait se lancer dans une description enthousiaste lorsqu'elle aperçut Johanna. Gênée, elle rassembla les instantanés.

## *La couleur des roses*

— Bonjour. Que puis-je pour vous ?

Inclinant légèrement la tête, Johanna traversa la pièce d'un pas vif. Sam se retourna pour la regarder. Son regard se rétrécit.

Bon sang, que cette fille était belle ! Il n'était pas immunisé contre la beauté, bien qu'il la côtoyât souvent. A première vue, on pouvait prendre cette sylphide pour l'une des blondes Californiennes qui peuplaient les plages et ornaient les posters de papier glacé.

Sa peau était non pas bronzée mais dorée, ses épais cheveux blonds, coupés au ras des épaules, encadraient un visage ovale. Elle avait des pommettes hautes, une bouche pleine, des yeux d'un bleu très clair, comme des lacs de montagne.

Elle était... fascinante. Peut-être était-ce sa démarche souple et vive, à moins que ce ne fût la façon dont elle portait cette longue veste lâche sur sa jupe étroite, qui la rendait si particulière. Il se surprit à remarquer les pieds fins, chaussés de fines ballerines ivoire.

Profitant qu'elle ne regardait pas dans sa direction, il l'observa avant qu'elle ne le reconnaisse et ne gâche cet instant.

— J'ai un document pour M. Jablonski.

*La couleur des roses*

Même sa voix était parfaite, décida Sam. Douce, à peine teintée d'une légère froideur.

Gloria adressa à Johanna son sourire le plus professionnel.

— Donnez-le-moi.

Consciente que Sam ne la quittait pas des yeux, Johanna sortit le contrat de sa pochette de cuir, ainsi qu'une cassette vidéo.

— Voici le contrat de M. Weaver, et un enregistrement de *A vos marques*.

— Oh ! Justement...

Sam interrompit la réceptionniste.

— Pourquoi ne pas les lui porter tout de suite, Gloria ? J'attendrai.

Gloria ouvrit la bouche, puis elle la ferma et s'éclaircit la gorge avant de se lever.

— Très bien. Si vous voulez bien m'excuser un moment...

Tandis que Gloria s'éloignait dans le corridor, Sam se tourna vers Johanna.

— Vous travaillez pour l'émission ?

La jeune femme lui adressa un sourire dépourvu d'intérêt.

— En effet... Etes-vous un téléspectateur, monsieur... ?

Elle ne le reconnaissait pas ! Un instant décon-

*La couleur des roses*

certé, l'acteur goûta presque aussitôt l'humour de la situation. Il tendit la main.

— Je m'appelle Sam.
— Et moi Johanna.

Désarçonnée à son tour par l'aisance avec laquelle il avait saisi la balle au bond, la jeune femme s'aperçut soudain qu'il s'était emparé de sa main. La sienne était dure et forte, comme son visage, comme sa voix. Sans bien analyser pourquoi, elle poursuivit la supercherie.

— Vous appartenez à l'équipe de M. Jablonski ?

Sam esquissa une petite grimace.

— En quelque sorte. Et vous ? Quel poste occupez-vous ?

— Oh ! Je fais un peu de tout. Mais je ne veux pas vous retenir.

— Ne vous en privez surtout pas. Que diriez-vous de déjeuner avec moi ?

Les yeux de Johanna s'arrondirent. Deux minutes auparavant, il courtisait la brunette. Maintenant, il invitait à déjeuner la première femme qu'il rencontrait. Tout à fait typique du don Juan.

— Je suis désolée, mais le devoir m'appelle.
— Pour longtemps ?
— Assez.

Gloria réapparut fort à propos.

*La couleur des roses*

— Dès demain, M. Jablonski renverra le contrat signé à Mlle Patterson.
— Je vous remercie.
Comme elle se détournait, Sam posa une main sur son bras.
— A bientôt.
De nouveau, elle lui adressa un froid sourire avant de s'éloigner. Sam la suivit des yeux jusqu'à ce qu'elle tourne le coin du couloir.
— Vous savez, Gloria, je sens que ce jeu télévisé va me plaire, après tout.

# Chapitre 2

Les jours d'enregistrement, Johanna se trouvait toujours sur le plateau dès 9 heures du matin. Ce n'était pas qu'elle manquait de confiance envers son équipe. Simplement, elle se fiait davantage à elle-même. De petits problèmes pouvaient toujours se présenter, les retardant de cinq minutes à deux heures. En supervisant tout personnellement, elle évitait les surprises de dernière seconde.

Tous les projecteurs devaient être vérifiés, les loges décorées, du café et des biscuits préparés pour les concurrents. On ne les attendait pas avant une heure, mais l'expérience prouvait que l'anxiété les conduisait bien plus tôt devant les portes du studio.

Elle aurait d'ailleurs volontiers confié le soin de les apaiser à quelqu'un d'autre.

Quant aux vedettes, elles arrivaient à peu près

*La couleur des roses*

au même moment. Ainsi, on avait le temps de les habiller et de les maquiller.

John Jay les honorait de sa présence vers 2 heures. En général, il se plaignait des vêtements que l'on avait choisis pour lui. Ensuite, il se retirait pour bouder un peu avant d'être maquillé. Lorsqu'il était vêtu, poudré et pommadé, il émergeait, prêt à briller de tous ses feux devant les caméras. Johanna avait appris à ignorer ses sautes d'humeur. Sa popularité était incontestable... et incontestée.

Johanna s'acquittait de ses tâches une à une, puis elle vérifiait le travail des autres. Au cours des années, l'efficacité était devenue son obsession. A midi, elle avalait une salade. L'enregistrement commencerait à 3 heures et, avec l'aide de Dieu, se terminerait à 8.

Ce jour-là, heureusement, la vedette féminine était une récidiviste qui avait participé à l'émission au moins une douzaine de fois, ce qui épargna à Johanna une migraine épouvantable. Elle n'avait pas accordé une seule pensée à Sam... Du moins le croyait-elle.

Quand il arriverait, elle l'adresserait à Bethany, ce qui mettrait son assistante en transe. Pour sa part, elle espérait seulement qu'il s'en sortirait honorablement. Les questions étaient amusantes,

*La couleur des roses*

pour la plupart, mais elles n'étaient pas toujours faciles. Plus d'une fois, elle avait dû panser les blessures d'amour-propre de vedettes incapables de fournir une seule bonne réponse. Ce ne serait quand même pas sa faute si Sam Weaver était dépourvu de cervelle ! Il lui suffirait de sourire pour regagner les cœurs des téléspectatrices déçues.

Elle se rappela la façon dont il avait souri quand elle lui avait demandé s'il travaillait pour Jablonski. C'est ainsi qu'il devait toucher les cœurs des midinettes... Mais pas le sien, évidemment.

Debout au centre du plateau, la jeune femme dirigeait ses techniciens.

— Le gong, s'il vous plaît. Concentrez les projecteurs sur le vainqueur.

Satisfaite, elle hocha la tête en direction de Beth.

— Les concurrents ?

— En lieu sûr. Le vainqueur des trois dernières semaines est arrivé. Sa première adversaire est une mère de famille originaire de l'Ohio. Elle est au bord de la crise de nerfs.

— Entendu. Tâche d'aider Dottie à la calmer pendant que je jette un dernier coup d'œil aux vestiaires.

Johanna longea un corridor. La vedette féminine était Marsha Tuckett, une femme épanouie qui

*La couleur des roses*

jouait dans un feuilleton familial. Elle formerait un amusant contraste avec Sam Weaver, songea-t-elle. Après s'être assurée qu'on n'avait pas oublié de mettre des roses et des rafraîchissements dans la loge de l'artiste, elle passa dans la seconde pièce.

Les fleurs convenant peu à un homme, elle avait choisi pour Sam une somptueuse plante verte. Machinalement, la jeune femme redressa un coussin sur l'étroit canapé, puis elle s'assura que les ampoules n'étaient pas grillées et qu'on avait bien mis des serviettes propres dans la salle de bains.

Elle prit machinalement un bonbon à la menthe, dans un bol placé sur une table basse, et le glissa dans sa bouche. Elle s'apprêtait à partir, lorsqu'elle l'aperçut sur le seuil de la porte.

Il fit quelques pas à l'intérieur de la pièce, et posa négligemment son sac de sport sur une chaise.

— Bonjour. Je suis Sam... Vous vous souvenez ?

Il prit la main de Johanna et la serra un peu plus longtemps qu'il n'était nécessaire.

— Bien sûr, Sam. Nous sommes ravis de vous avoir parmi nous. L'enregistrement ne va pas tarder à commencer. S'il vous manque quelque chose, n'hésitez pas à le demander à l'un des membres de l'équipe. Vous êtes seul ?

— J'étais censé amener quelqu'un ?

*La couleur des roses*

— Non.

Où était sa secrétaire, ou bien son assistante, ou sa petite amie du moment ?

— Selon les instructions, j'ai apporté cinq tenues. Celle-ci vous convient ?

Elle examina le pantalon de cuir comme si cela avait eu de l'importance.

— C'est parfait.

Elle avait toujours su qui il était, songea Sam. Cette découverte excitait plutôt sa curiosité. Elle ne semblait pas très à l'aise en sa compagnie, ce qui accentuait l'énigme que cette jeune femme représentait.

Il prit à son tour un bonbon, ce qui les rapprocha l'un de l'autre. Son rouge à lèvres s'était effacé, remarqua-t-il. Il trouvait cette bouche sans fard extrêmement attirante.

— J'ai regardé l'enregistrement que vous nous avez confié.

Johanna s'éloigna. Son instinct l'avertissait qu'elle devait partir, et tout de suite.

— Tant mieux. Installez-vous confortablement. Quelqu'un va venir vous maquiller.

— J'ai aussi parcouru le contrat. Il est dit que Johanna Patterson est la directrice de production. C'est vous ?

*La couleur des roses*

— En effet.

La jeune femme réprima un tremblement nerveux. Elle ne se souvenait pas avoir ressenti un tel émoi depuis bien longtemps. Tous ceux qui la connaissaient l'auraient décrite comme froide et maîtresse d'elle-même. Elle jeta ostensiblement un coup d'œil à sa montre.

— Navrée de ne pouvoir bavarder plus longtemps, mais mon temps est compté.

Il ne parut pas l'entendre.

— La plupart des producteurs ne se chargent pas de porter eux-mêmes des contrats.

Elle sourit. Sous l'amabilité apparente, il sentait la glace affleurer.

— Je ne suis pas la plupart des producteurs.

Décidément, elle l'intéressait de plus en plus. Il avait écarté bien des femmes, mais il n'avait jamais pu résister au plaisir de résoudre une énigme.

— Je ne discuterai pas cette affirmation. Puisque nous n'avons pu déjeuner ensemble, l'autre jour, je vous invite à dîner.

— Désolée, je suis...

— Occupée, je le sais.

Il pencha la tête de côté, comme pour l'observer sous un angle différent. Outre le fait qu'il était habitué aux hommages féminins, elle l'intriguait

*La couleur des roses*

parce qu'elle semblait déterminée à l'écarter de son chemin.

— Vous ne portez pas d'alliance, observa-t-il.
— Quel sens de l'observation !
— Fiancée ?
— Avec quoi ?

Il se mit à rire. Il supportait tout à fait d'être éconduit, mais il aimait bien savoir pourquoi.

— Où est votre problème, Johanna ? Vous n'avez pas aimé mon dernier film ?

Elle mentit délibérément.

— Navrée, je ne l'ai pas vu. Maintenant, si vous voulez bien m'excuser, je dois veiller aux derniers préparatifs.

Comme il se trouvait entre la porte et elle, elle dut le frôler pour passer. Tous deux furent parcourus par un frisson.

Agacée, Johanna sortit de la pièce, suivie des yeux par un Sam de plus en plus intrigué.

Dès le premier enregistrement, Johanna dut admettre que Sam Weaver était un vrai professionnel. Les sponsors et les patrons de la chaîne seraient ravis. Il avait séduit sa partenaire, la mère de famille venue de l'Ohio, si tendue qu'elle émettait

*La couleur des roses*

des couacs chaque fois qu'elle prenait la parole. Il avait même réussi à trouver quelques bonnes réponses aux questions.

Il était difficile de ne pas être impressionnée. Dès que les caméras s'étaient mises à tourner, il avait incarné ce mot trop galvaudé : star. Malgré ses mimiques et ses effets, John Jay avait dû s'effacer.

Pendant le tournage, Sam dosa savamment l'amusement et l'enthousiasme, et durant les pauses, il plaisanta avec les concurrents ou répondit gentiment aux questions du public. Il parut même sincèrement content lorsque l'épreuve de rapidité rapporta cinq cents dollars de plus à sa partenaire. Même s'il jouait la comédie, Johanna ne pouvait lui en tenir rigueur. Cette somme était importante pour la mère de famille originaire de l'Ohio.

John Jay souriait à la caméra.

— Amis téléspectateurs, voici venu le moment crucial. Cette question déterminera qui de nos deux concurrents aura accès à la finale... et à la possibilité d'empocher dix mille dollars. A vos marques... Et voici la question... Qui a créé le personnage de Winnie l'Ourson ?

Aussitôt, Sam appuya sur le bouton placé devant lui. Sa partenaire le regardait d'un air suppliant.

— A.A. Milne.

*La couleur des roses*

— Mesdames et messieurs, nous avons une nouvelle championne.

Sous les applaudissements du public, la mère de famille jeta ses bras autour du cou de l'acteur. Glissant un coup d'œil en direction de Johanna, il saisit son expression surprise. Il était clair qu'elle ne s'attendait pas qu'il soit féru en littérature enfantine.

John Jay s'acquittait des adieux officiels à l'ex-champion et annonçait la page de publicité, tandis que Sam portait presque sa partenaire jusqu'au siège des vainqueurs. Comme il prenait place à son côté, il adressa une petite grimace à Johanna.

— Comment me trouvez-vous ?
— Il reste soixante secondes, dit-elle.

Mais elle lui sourit parce qu'il tenait la main de sa partenaire, afin de la calmer.

Lorsque la minute se fut écoulée, John Jay parvint à énerver deux fois plus la mère de famille de l'Ohio, en lui débitant le règlement de l'émission.

Le gong retentit, annonçant la première des questions. Sam se dit avec étonnement qu'elles n'étaient pas difficiles, c'était le rythme imposé qui les rendait pénibles. Il avait le droit de répondre une seule fois à la place de la concurrente. Lorsque ce fut fait, il se contenta de lui presser la main avec sympathie.

*La couleur des roses*

Enfin, John Jay posa la dernière question :
— Où Napoléon perdit sa dernière bataille ?
Elle le savait, bien sûr. Penché en avant, Sam s'efforçait de lui insuffler la réponse.
— Waterloo ! cria-t-elle.
Au-dessus de leurs têtes, le chiffre dix mille s'inscrivit en lettres lumineuses. La femme hurla, puis elle embrassa Sam sur la bouche avant de hurler de nouveau. Elle haletait, bafouillait. Pendant la page de publicité, Sam l'allongea sur un canapé tout en lui prodiguant des mots d'apaisement.
Johanna s'agenouilla à son côté et prit le pouls de la « championne ». Ce n'était pas la première fois qu'un concurrent réagissait aussi frénétiquement.
— Madame Cook ? Tout va bien ?
— J'ai gagné ! J'ai gagné dix mille dollars !
— Félicitations. Vous voulez boire quelque chose ?
Mme Cook se redressa lentement.
— Non. Excusez-moi, je me sens bien, maintenant. C'est juste que je n'avais jamais rien gagné, auparavant. Mon mari n'est même pas venu, il a emmené les garçons à la plage.
— Vous lui réservez une merveilleuse surprise.
— Dix mille dollars...
Comme Beth prenait la relève, Sam et Johanna lui abandonnèrent Mme Cook.

*La couleur des roses*

— Vous avez souvent des évanouissements ? demanda-t-il.

— De temps à autre. Une fois, nous avons dû interrompre l'enregistrement parce que notre concurrent était tombé de son siège pendant l'épreuve de rapidité. Je vous remercie... Vous réagissez vite.

— J'ai une certaine expérience.

Elle songea aux femmes qui se pâmaient à ses pieds.

— Je n'en doute pas. Vous trouverez des fruits et des boissons dans votre loge. Nous reprenons dans dix minutes, puisque Mme Cook s'est remise de ses émotions.

Il lui prit le bras.

— Si ce n'est pas mon dernier film, de quoi s'agit-il ?

— De quoi parlez-vous ?

— De toutes ces petites piques que vous m'envoyez. Vous avez une raison de m'en vouloir ?

— Bien sûr que non. Nous sommes énervés, c'est tout.

— Pas nous. Vous.

Elle déplora qu'il ait pris l'habitude de se tenir aussi près d'elle. Avec ses talons presque plats, ses yeux parvenaient tout juste à la hauteur de la

*La couleur des roses*

bouche de Sam. Elle découvrait que cette vision la mettait mal à l'aise.

— Je suis absolument ravie de vous avoir parmi nous. Cette série d'émissions sera programmée en mai, juste avant la projection de votre film. Que souhaiter de mieux ?

— Un dîner en tête à tête.

— Vous êtes obstiné, monsieur Weaver.

— Je suis troublé, mademoiselle Patterson.

Elle réprima un sourire. Elle aimait ses inflexions légèrement traînantes.

— Un homme comme vous ne saurait se laisser troubler aussi aisément, monsieur Weaver. Il ne reste que dix minutes, vous devriez aller vous changer.

Ils parvinrent à enregistrer trois émissions avant la pause du dîner. Johanna commençait à croire qu'ils ne termineraient pas trop tard, mais elle garda cet espoir pour elle, par superstition.

Le dîner n'était pas raffiné, mais plantureux. Johanna n'y accordait pas une grande importance, mais elle voulait seulement satisfaire les vedettes et mettre à l'aise les concurrents.

Pendant le repas, elle se contenta de grignoter une tartine. Le public était parti, d'autres spectateurs assisteraient aux deux derniers enregistrements. Tout ce qu'elle avait à faire, c'était d'éviter les crises

*La couleur des roses*

de nerfs et de veiller à ce que John Jay n'importune aucune jolie fille.

La première préoccupation en tête, Johanna surveillait la prochaine challenger, une jeune femme enceinte d'environ six mois.

— Un ennui ?

Elle avait oublié l'une de ses priorités, qui était d'éviter Sam.

— Non, pourquoi ?

— Vous ne vous détendez donc jamais ? J'ai remarqué que vous ne quittiez pas Audrey des yeux.

Elle ne fut pas étonnée qu'il connaisse le prénom de la future mère.

— Je suis prudente, c'est tout. Il n'y a pas si longtemps, une jeune femme a ressenti les premières douleurs de l'accouchement sur le plateau. C'est une expérience inoubliable.

— Fille ou garçon ?

Johanna sourit. En fait, c'était l'un de ses meilleurs souvenirs.

— Un garçon. Pendant qu'on l'emmenait à l'hôpital, toute l'équipe a lancé des paris. J'ai gagné.

Ainsi, elle aimait parier ? Il ne l'oublierait pas.

— Ne vous faites pas de souci pour Audrey. L'heureux événement est attendu pour le mois d'août... Puis-je vous poser une question ?

*La couleur des roses*

— Bien sûr.
— Etes-vous souvent obligée de remettre John Jay à sa place ?
Elle se mit à rire.
— Il est inoffensif, en réalité, seulement il s'imagine qu'il est irrésistible.
— Il m'a dit que vous étiez très... intimes, tous les deux.
Johanna lança au présentateur un regard mi-hautain mi-apitoyé.
— Vraiment ? Il est aussi très optimiste.
Sam était heureux de l'apprendre.
— Au fond, reprit-il, il fait son métier. Evidemment, il hésite souvent entre le ton du confesseur et celui du supporter.
Johanna s'était fait une règle de toujours soutenir les membres de son équipe.
— Nous avons de la chance de l'avoir. Les téléspectateurs l'adorent. Dites-moi, vous ne vous êtes pas trop ennuyé, jusqu'ici ?
— Moins que je le craignais. Serez-vous vexée si je vous avoue que je me suis fait un peu prier pour venir ?
— Non. Je suis la première à admettre que nous ne jouons pas du Shakespeare. Qu'est-ce qui vous a intéressé plus particulièrement dans ce jeu ?

*La couleur des roses*

Il ne lui révéla pas qu'elle constituait pour lui le principal attrait de l'émission.

— J'aime voir ces braves gens gagner. Et vous, qu'appréciez-vous dans ce métier ?

Parmi un certain nombre de réponses possibles, elle en sélectionna une suffisamment sincère.

— Disons... que je m'amuse bien. Je ne voudrais pas vous presser, mais nous reprenons dans un quart d'heure.

D'un mouvement souple, il l'empêcha de s'écarter de lui.

— J'ai l'impression que vous aimez les jeux de hasard, Johanna.

— Cela dépend des enjeux.

— Que dites-vous de celui-ci ? Si je gagne les deux prochaines parties, vous dînez avec moi. Je fixerai le lieu et la date.

— Je n'aime pas ce genre de paris.

— Je n'ai pas terminé. Mais si je perds, je participerai de nouveau à votre émission avant six mois.

Il nota avec satisfaction qu'il avait réussi à retenir son attention.

— Avant six mois..., répéta-t-elle, songeuse.

Elle l'examinait, comme pour jauger son honnêteté. Il ne semblait pas homme à manquer de parole. Il tendit sa paume ouverte.

*La couleur des roses*

— Pari tenu ?

L'enjeu était trop tentant, les yeux de Sam trop moqueurs... Elle tapa dans la main.

— C'est entendu ! Plus que dix minutes, monsieur Weaver.

Quand Sam et sa partenaire remportèrent la première partie, Johanna fut envahie par un curieux sentiment. Pour la première fois de sa vie, elle souhaitait la victoire d'une équipe... celle de l'autre ! C'était absolument contraire à toutes les lois de la profession.

Sans doute était-ce parce qu'elle désirait le voir revenir à l'émission, se dit-elle. C'était la directrice de production, non la femme, qui avait parié. Au pire, elle dînerait avec lui, il n'y avait pas de quoi s'effrayer.

Cependant, elle demeura derrière la caméra et acclama l'équipe adverse chaque fois que celle-ci fut la plus rapide.

Sam était un acteur trop consommé pour montrer la moindre nervosité face aux caméras, pourtant il lui semblait n'avoir jamais été aussi tendu. Il avait le jeu dans le sang, se dit-il. C'était la seule raison pour laquelle il était si déterminé à gagner ce pari. La beauté de cette fille n'y était pour rien, pas

*La couleur des roses*

plus que sa réserve et son entêtement. Il détestait perdre, voilà tout !

Au début de la dernière manche, les deux équipes se trouvaient à égalité. Le public n'en pouvait plus de crier, Johanna était nouée par l'anxiété.

Quand John Jay lut la dernière question, elle retint son souffle. Sam appuya sur le bouton, précédé d'une seconde par sa coéquipière. Il réprima un juron. Elle tenait plus que son sort entre ses mains !

— Henry Miller ! cria-t-elle.

Sous les acclamations du public, Sam embrassa longuement Audrey... De quoi la faire rêver pendant de nombreux mois. Puis il l'entraîna vers le siège du vainqueur. Dès qu'elle fut installée, il se tourna vers Johanna.

— Samedi soir, 7 heures, chuchota-t-il, je passerai vous prendre.

Elle se contenta de hocher la tête. Il est difficile de s'exprimer avec les dents serrées à se briser.

A la fin de l'enregistrement, Johanna se découvrit plusieurs tâches vitales. Elle ne remercia pas personnellement les vedettes, ainsi qu'elle en avait l'habitude, mais s'enferma dans son bureau jusqu'à ce qu'elle fût certaine que Sam Weaver était parti.

## *La couleur des roses*

— Tout le monde était content, lui dit Beth. Les questions que nous n'avons pas utilisées se trouvent dans le coffre, les concurrents qui n'ont pu participer au jeu prêts à revenir la semaine prochaine. Voici tes cassettes. C'était particulièrement réussi, surtout la dernière émission. Même les techniciens se sont laissé prendre, ils ont adoré Sam. Pourtant, tu sais combien ils peuvent être rosses. Je suis contente de savoir que ce type est aussi intelligent qu'il est beau.

Johanna émit un grognement, tout en plaçant les cassettes dans son porte-documents. Comme elle sortait un tube de calmants, Beth hocha la tête.

— Tu veux boire un verre et discuter ?

Johanna était peu encline aux confidences. Beth était cependant la seule personne au monde en qui elle ait vraiment confiance.

— Raccompagne-moi jusqu'à ma voiture, si tu veux.

— Bien sûr.

Le soleil n'était pas encore couché. Après une journée passée entre quatre murs, c'était réconfortant. Johanna aspira avec délice l'air du soir.

La question franchit le seuil de ses lèvres, sans qu'elle y ait réfléchi :

— Que penses-tu de Sam Weaver ?

*La couleur des roses*

Beth leva un sourcil, l'air étonné.

— Je l'ai trouvé bien, dit-elle sobrement. Il n'a pas exigé le tapis rouge, il ne s'est pas montré condescendant et il n'a pas ricané dans le dos des concurrents.

— Que de négations !

— Entendu. J'ai apprécié la façon dont il a plaisanté avec l'équipe, signé des autographes comme si cela lui faisait réellement plaisir. Il s'est comporté avec simplicité, sans faire sentir à chacun qu'il était une star.

— Au fait, tu as toujours ce petit carnet où tu attribues des notes aux vedettes qui ont participé à l'émission ?

Beth rougit.

— Oui. Sam obtient le maximum, cinq étoiles.

Johanna se permit un léger sourire.

— Je suis heureuse de l'apprendre... Je dîne avec lui, samedi prochain.

Les yeux de Beth s'arrondirent.

— Waou !

— C'est confidentiel.

— Evidemment. Je sais que tu as grandi parmi les célébrités du show-business et que Cary Grant t'a probablement fait sauter sur ses genoux, mais tu ne ressens pas une légère excitation ?

*La couleur des roses*

Johanna ouvrit la portière de sa voiture.

— C'est plutôt une corvée. Je n'aime pas les acteurs.

— Un peu trop général, tu ne trouves pas ?

— Entendu. Je n'aime pas les acteurs aux yeux bleus et à l'accent légèrement traînant.

— Tu es malade, Johanna, complètement malade ! Tu ne veux pas de moi comme chaperon ?

Johanna émit un léger gloussement avant de se glisser derrière le volant de sa Mercedes.

— Je peux mater Sam Weaver.

— Tant mieux. Ecoute...

— Oui ?

— Tu me raconteras tout ? Il se peut que j'écrive mes mémoires, un jour.

— Rentre chez toi, Beth.

Le moteur rugit. Ce soir, Johanna se sentait assoiffée de vitesse.

— D'accord. Dis-moi seulement s'il sent toujours aussi bon, je me contenterai de cela.

Johanna hocha la tête. Elle n'avait pas prêté une attention particulière au parfum de Sam Weaver.

Il avait l'odeur d'un homme, se souvint-elle soudain, seulement l'odeur d'un homme.

# Chapitre 3

Ce n'était qu'une invitation à dîner, il n'y avait pas de quoi s'inquiéter. Evidemment, Sam l'amènerait dans un restaurant à la mode, où il pourrait voir et être vu. Entre le homard et la mousse au chocolat, il aurait le temps de bavarder avec quelques-unes des célébrités qui fréquentaient ce type d'établissement.

Au fond, il suffisait de se dire qu'il s'agissait d'un repas d'affaires. Elle se montrerait donc charmante, voire gracieuse, jusqu'à ce que cet épisode soit conclu.

Elle n'aimait pas les hommes têtus, ni ceux qui traînaient derrière eux une réputation de don Juan. Pour tout dire, Sam Weaver ne lui plaisait pas.

C'était avant l'envoi de fleurs.

Johanna avait passé toute la matinée du samedi dans son jardin. Elle espérait à moitié que Sam

*La couleur des roses*

n'avait pas trouvé son adresse, car il ne l'avait pas appelée pour confirmer leur projet.

D'ordinaire, lorsqu'elle travaillait dehors, elle emportait son téléphone sans fil. Cette fois-ci, elle avait feint de l'oublier pour se consacrer entièrement à ses fleurs. Son jean était maculé et ses mains terreuses, lorsque le coursier se présenta devant la grille.

— Mademoiselle Patterson ?
— Oui.
— Signez ici, s'il vous plaît.

Déjà il déposait sur sa pelouse une longue boîte entourée d'un ruban de satin rouge.

— Vous avez un beau jardin, remarqua-t-il avant de s'en aller.

Johanna ouvrit la boîte. C'étaient des roses... non une douzaine de roses rouges ou roses, mais une de chaque couleur, depuis le blanc le plus pur jusqu'au rouge le plus profond, en passant par toutes les nuances de rose et de jaune. Charmée, elle enfouit son visage parmi les pétales. Leur parfum lui monta à la tête, enivrant et sensuel.

Ce n'était pas son anniversaire. Son père, ou plutôt la secrétaire de son père, n'était pas assez imaginative pour lui avoir envoyé un aussi joli présent. De ses doigts salis, elle ouvrit l'enveloppe

*La couleur des roses*

qui se trouvait dans la boîte, et lut la carte qui s'y trouvait :

« J'ignore quelle est votre couleur favorite. Sam. »

Il n'avait pas attendu une soirée avec autant d'impatience depuis bien longtemps... Peut-être était-il piqué au jeu par cette indifférence qu'elle lui manifestait. Quel homme n'aurait pas apprécié un tel défi ?

Si elle avait accepté de sortir en sa compagnie dès leur première rencontre, ils auraient sans doute passé ensemble quelques heures agréables. Il ne saurait jamais s'il y aurait eu une suite. Mais cette résistance fouettait sa curiosité.

Les femmes lui cédaient facilement. Trop facilement. Il avait beau en avoir profité, il restait un incorrigible romantique, quoi qu'en pensât la presse.

Il y avait deux Sam Weaver.

L'un était secret, très réservé sur ce qui comptait pour lui : la famille et les sentiments. L'autre était un acteur, un homme réaliste qui acceptait de payer le prix de la célébrité. Il accordait des interviews, ne paraissait pas incommodé par les journalistes et signait volontiers des autographes. Vu ce qu'il savait

*La couleur des roses*

du passé de Johanna Patterson, il se demandait lequel des deux Sam elle comprendrait le mieux.

Elle était l'unique enfant du respecté producteur Carl Patterson, issue de son premier et orageux mariage. Sa mère avait disparu, ou, selon les termes consacrés, « s'était retirée » après que cette union se fut conclue par un échec.

Johanna avait grandi à Beverly Hills, fréquenté les meilleures écoles. Si l'on en croyait certaines rumeurs, elle adorait son père. Selon d'autres, il n'y avait aucune affection entre eux. Quoi qu'il en soit, elle était la seule fille de Patterson, bien qu'il eût convolé quatre fois et fût connu pour ses innombrables liaisons.

Sam était surpris qu'elle habite dans les collines, si loin de la ville. Il fut plus étonné encore lorsqu'il découvrit la maison.

Elle était minuscule, entourée d'un jardin pas plus grand qu'un mouchoir de poche. En revanche, il y avait des fleurs partout. La petite Mercedes semblait garée dans l'allée par erreur.

Les mains dans les poches, Sam resta un instant immobile, adossé à sa propre voiture. Elle n'avait pas de voisins proches, la vue n'était pas extraordinaire, mais on aurait dit qu'elle avait choisi de

*La couleur des roses*

se nicher au creux de la montagne. Il comprenait cela. Il appréciait.

En remontant l'allée, il sentit le parfum des pois de senteur. Sa mère plantait les mêmes sous les fenêtres de sa cuisine, chaque printemps. En ouvrant la porte, Johanna s'aperçut qu'il souriait.

— Je n'étais pas sûre que vous trouveriez.

— J'ai le sens de l'orientation. Si j'en crois votre jardin, les roses étaient superflues.

Elle aurait été malhonnête de le lui laisser croire.

— Vous vous trompez. C'est gentil à vous de les avoir envoyées.

Il ne portait pas un costume de soirée, mais une chemise et un pantalon de toile bleue. Elle fut heureuse d'avoir choisi une simple robe blanche.

— Si vous voulez bien m'accorder une minute, je vais chercher ma veste.

Il hocha la tête, bien qu'il fût dommage selon lui de dissimuler de si jolies épaules. La salle de séjour était petite et intime. Autour d'une cheminée de brique blanche, elle avait installé de profonds fauteuils et éparpillé des douzaines de coussins. Il pensa qu'elle aimait s'y blottir, en revenant du travail.

— Je ne m'attendais pas à ce que vous habitiez dans un tel endroit.

## La couleur des roses

Elle enfila une veste rouge.

— Vraiment ? Je m'y plais.

— Je n'ai pas dit qu'il ne me plaisait pas, j'ai dit que je ne m'y attendais pas.

Il remarqua le vase rempli de roses, posé à la place d'honneur, sur la cheminée.

— Quelle est votre fleur préférée ?

Elle jeta un coup d'œil au bouquet, puis elle ajusta ses boucles d'oreilles devant un miroir.

— Je les aime toutes. Nous partons ?

— Une minute.

Il traversa la pièce, notant avec intérêt qu'elle se raidissait. Pourtant, il lui prit la main.

— Etes-vous décidée à vous montrer bonne joueuse ?

Elle poussa un léger soupir.

— Il le faut bien.

— Vous avez faim ?

— Un peu.

— Une petite promenade en voiture ne vous contrarie pas ?

— Non... Pourquoi pas ?

— Parfait.

La main de la jeune femme toujours dans la sienne, il l'entraîna à l'extérieur.

*La couleur des roses*

*\*
\* \**

Elle aurait dû savoir qu'il avait une idée derrière la tête. Ils ne se dirigeaient pas vers la ville, comme elle s'y était attendue. Plutôt que d'en faire la remarque, Johanna discuta plaisamment avec son guide. Cependant, elle restait sur le qui-vive. Il fallait se méfier des acteurs, elle connaissait tous leurs tours et savait comment faire face à la situation, le moment venu. Pour l'instant, Sam avait adopté une attitude amicale, mais Johanna ne s'y fiait pas.

Il conduisait vite, un peu plus qu'il n'était permis, assez pour rester prudent. Lorsqu'ils se furent engagés sur une route de campagne peu fréquentée, il conserva la même vitesse.

— Je peux vous demander où nous allons ?

Sam négociait un tournant. Il s'était demandé combien de temps elle refrénerait sa curiosité.

— Dîner.

Johanna observa le paysage, vaste et désert.

— A la belle étoile, peut-être.

Il sourit. Elle avait repris son ton hautain, et Dieu sait pourquoi, il s'en réjouissait.

— Non. Nous mangerons chez moi.

Chez lui ! La perspective d'un repas solitaire en tête à tête ne l'effrayait guère. Elle avait trop

*La couleur des roses*

confiance dans sa capacité à maîtriser toutes sortes de situations. En revanche, elle s'étonna qu'il vive si loin des néons.

— C'est une caverne ?

Le sourire de Sam s'élargit.

— Mieux que cela, rassurez-vous. Simplement, j'évite les restaurants.

— Pourquoi ?

— Parce qu'on y rencontre toujours des gens du métier. Ce soir, je n'avais pas envie d'échanger des mondanités.

— Cela fait partie du jeu, non ?

Ils passaient devant une jolie maison aux volets bleus. Sam donna deux coups d'avertisseur.

— Sans doute, mais ce n'est pas une raison pour le jouer... Le gardien et sa famille vivent ici. Je lui signale mon arrivée, pour qu'ils ne nous prennent pas pour des intrus.

A la grande surprise de Johanna, les écuries situées un peu plus loin ne semblaient pas avoir une fonction purement décorative. Elle remarqua quelques chevaux dans les enclos. Un chien se mit à aboyer.

Soudain, la route bifurqua et elle aperçut le ranch. Il était blanc, lui aussi, mais les volets étaient gris et les trois cheminées de brique qui ornaient son

## La couleur des roses

toit avaient pris une teinte rose sombre au fil du temps. C'était une bâtisse trapue, en forme de H. Des bancs de bois avaient été placés sous le porche, et les bacs de fleurs regorgeaient de pensées et de balsamines. Malgré l'atmosphère chaude et sèche, elles paraissaient en pleine santé.

Johanna descendit de voiture et fit quelques pas.

— Quel endroit agréable !

— Je m'y plais, dit-il.

Remarquant qu'il avait repris sa propre formule, elle sourit.

— Un peu éloigné de la ville, peut-être...

— J'ai un appartement à Los Angeles. Dès que j'ai terminé un tournage, je viens me reposer ici quelque temps. Avant de me lancer dans la carrière d'acteur, je voulais partir pour l'Ouest et travailler dans un ranch. J'ai eu la chance de pouvoir faire les deux.

Il prit le bras de Johanna et l'entraîna sous le porche. Avec leurs petites têtes arrogantes, les pensées évoquaient irrésistiblement le monde d'Alice au pays des merveilles.

— Vous élevez du bétail ?

Il poussa la porte, jamais fermée. C'était une habitude qu'il gardait de son enfance.

— Des chevaux. J'ai convaincu mon comptable

## La couleur des roses

qu'il s'agissait d'un magnifique placement. Dès lors, il s'est senti mieux.

Les tapis tissés à la main ne dissimulaient pas entièrement le plancher reluisant. Dans l'entrée, une collection de pots en étain était disposée sur une haute table. Johanna avait toujours été intimement convaincue que les maisons possédaient une personnalité propre. Elle avait choisi la sienne parce qu'elle lui avait paru chaude et confortable, elle avait quitté celle de son père parce qu'elle était possessive et malhonnête.

— Vous venez souvent ? demanda-t-elle.

— Pas assez. Vous désirez boire un verre, avant le dîner ?

Elle connaissait trop l'effet de l'alcool sur un estomac vide.

— Non, merci.

— J'espérais que vous répondriez cela. Venez.

A sa façon désinvolte, il la prit par la main et l'entraîna de l'autre côté du hall, puis il ouvrit une porte donnant sur une vaste cuisine. Des casseroles pendaient à des crochets, au-dessus d'un comptoir central. Tout un pan de mur était occupé par des buffets et des tiroirs, l'autre par une cheminée de pierre. Les baies vitrées donnaient sur une terrasse dallée, au centre de laquelle Johanna aperçut une

*La couleur des roses*

piscine. Elle s'était imaginée découvrir une ou deux servantes affairées autour des fourneaux. Seule l'odeur des plats l'accueillit.

— Cela sent merveilleusement bon.

Sam ouvrit le four, d'où il sortit une marmite de lasagnes.

— Tant mieux. J'avais mis cela au chaud.

D'ordinaire, la nourriture n'inspirait guère Johanna. Pourtant, elle ne put s'empêcher de s'approcher. Depuis combien de temps n'avait-elle pas vu quelqu'un sortir un plat d'un fourneau ?

— Cela a l'air très bon.

— Ma mère m'a toujours dit que la cuisine est meilleure si elle a bel aspect.

— Ne me dites pas que vous avez préparé ce repas vous-même ?

Il lui jeta un coup d'œil amusé.

— Et pourquoi pas ? Je voulais être acteur, mais pas un acteur affamé. Quand je suis arrivé en Californie, je suis passé d'audition en audition, et de fast-food en fast-food. Au bout de deux mois de ce régime, j'ai appelé ma mère et je lui ai demandé de me livrer quelques recettes.

Sam ouvrit une bouteille de vin avant de conclure :

— Quoi qu'il en soit, j'ai mis moins de temps à

*La couleur des roses*

savoir faire le sauté de veau qu'à obtenir un grand rôle.

— Mais maintenant que vous êtes une célébrité, pourquoi vous adonner à d'aussi humbles tâches ?

Sam sortit une appétissante salade du réfrigérateur.

— Cela me plaît, tout simplement. Voulez-vous prendre le vin ? J'ai pensé que nous dînerions dehors.

L'ennui, à Hollywood, songeait Johanna en suivant son hôte dehors, c'était que les choses n'étaient jamais ce qu'elles paraissaient. Elle était certaine d'avoir fait le tour de Sam Weaver, mais l'homme qu'elle avait imaginé n'aurait pas demandé des recettes à sa mère. Pas plus qu'il n'aurait préparé ce charmant repas pour deux, disposé sur la table ces assiettes de grès bleu et ces chandeliers étincelants.

— Allumez les bougies, voulez-vous ?

Il effleurait la table du regard, comme pour s'assurer qu'il ne manquait rien.

— Je vais chercher le reste.

Johanna le suivit des yeux. Quelques secondes plus tard, les accents d'un vieux blues lui parvenaient de la maison, puis il réapparut, portant un plateau lourdement chargé.

Son instinct ne l'avait pas trompé, songea Sam en prenant place en face de Johanna. Il avait failli retenir une table dans un restaurant à la mode, puis

*La couleur des roses*

il s'était ravisé au dernier moment. Il lui était déjà arrivé de cuisiner pour des femmes, auparavant, mais jamais dans cette maison.

Le ranch était son domaine privé, le refuge où il se retirait lorsqu'il désirait se soustraire d'un monde où il avait pourtant choisi de vivre. Jusqu'à cet instant, il ignorait pourquoi il avait décidé d'enfreindre sa propre loi en y amenant Johanna. Maintenant, il commençait à en comprendre la raison.

Au ranch, il pouvait être lui-même, et c'est ce dont Johanna avait besoin. Il pouvait se tromper, mais il sentait qu'elle s'était adoucie à son égard, cependant elle restait méfiante. Il voulait savoir pourquoi.

Peut-être avait-elle été meurtrie par un homme. En ce cas, il faudrait se montrer patient, mais il parviendrait à briser ses défenses. Et il sentait que cela en valait la peine.

Il aborda ce qui semblait le plus important pour elle, son travail.

— Vous êtes satisfaite des émissions que nous avons enregistrées l'autre jour ?

Elle était trop honnête pour ne pas reconnaître les choses, surtout si elle le pensait.

— Plus que satisfaite. Vous avez été parfait. Je ne parle pas seulement des réponses que vous

*La couleur des roses*

avez fournies aux questions, mais de votre attitude pendant toute la journée. Plus d'une fois, le public a dû vous importuner par sa curiosité, mais vous n'en avez rien laissé paraître. Et, bien sûr, c'était merveilleux de vous avoir parmi nous.

— Je suis flatté.

Elle lui lança un regard froid.

— Je doute qu'il soit facile de vous flatter.

Il esquissa une petite grimace.

— Un acteur aime toujours les compliments. Et vous, comment êtes-vous entrée dans la production ?

Elle pinça brièvement les lèvres.

— C'est de famille.

— Avec Carl Patterson pour père, j'imagine en effet que vous avez dû côtoyer ce milieu de bonne heure. Il produit les meilleures émissions télévisées, ainsi qu'un nombre impressionnant de feuilletons.

Le visage de Johanna s'était durci. L'espace d'un instant, il crut percevoir dans ses yeux une souffrance mêlée de rancune. Elle porta sa fourchette à sa bouche.

— C'est vraiment délicieux. C'est une recette de votre mère ?

— J'y ai apporté quelques modifications.

Ainsi, son père était un sujet tabou. Il pouvait l'accepter... Pour l'instant.

*La couleur des roses*

— Quand avez-vous lancé *A vos marques* ? reprit-il.
Elle sourit, l'air plus détendue.
— C'était il y a deux ans. J'étais clouée dans mon lit par la grippe, et comme j'avais trop mal aux yeux pour lire, je regardais la télévision.
Elle ne protesta pas lorsque Sam remplit son verre pour la seconde fois et poursuivit.
— Les émissions de jeux me fascinaient. On prend parti pour les concurrents, vous savez, puis on se passionne, on tente de leur insuffler la bonne réponse.
Sam l'observait attentivement tandis qu'elle parlait. Elle était animée, maintenant, comme lorsqu'elle s'affairait sur le plateau pour s'assurer que tout allait bien.
— Si bien que vous avez décidé d'en produire une, après la grippe ?
— Plus ou moins.
Elle se souvenait d'avoir arpenté les couloirs de la chaîne, avant de s'adresser finalement à son père.
— De toute façon, reprit-elle, je n'étais pas dénuée d'expérience. J'avais produit une série documentaire, ainsi qu'une émission d'actualités. Maintenant, notre indice d'écoute est l'un des meilleurs. D'ici peu, nous serons programmés en début de soirée.

*La couleur des roses*

— Que se passera-t-il alors ?
— C'est la meilleure heure. Les enfants ont terminé leurs devoirs, les parents désirent se détendre après une dure journée. Vous montez les enjeux, vous offrez des voitures, de plus grosses sommes d'argent.

Elle s'aperçut avec surprise qu'elle avait dévoré le contenu de son assiette. D'ordinaire, elle se contentait de quelques bouchées, puis elle attendait avec impatience la fin du repas.

— Resservez-vous, proposa Sam.

Elle but une gorgée de vin.

— Non, merci, c'était délicieux. J'ai beau avoir perdu notre pari, il me semble l'avoir remporté.

— Mmm... Lorsque je vous regarde, je suis le vainqueur.

Elle se raidit aussitôt. Comprenant qu'il avait commis une erreur, Sam se leva et lui tendit la main.

— Si nous faisions quelques pas ? La lune vient juste de se lever.

Elle n'avait aucune raison de se montrer maussade, pensa-t-elle. Elle avait horreur de se hérisser pour ce qui n'avait pas d'importance.

— Entendu.

Surprise, elle le vit déposer du pain dans une serviette qu'il noua ensuite aux quatre coins.

*La couleur des roses*

— Allons jusqu'à l'étang, vous nourrirez les canards.
— Vous en avez ?
— Plusieurs. J'aime les regarder le matin.
— Dans *Un homme à demi*, vous les dévoriez au petit déjeuner.
— Ainsi vous avez vu mon dernier film ?
Elle se mordit la langue.
— Oh ! C'est le dernier ?
— Trop tard. Vous avez froissé mon narcissisme.
Il souriait. Se défendant de lui sourire en retour, elle se retourna vers la maison.
— C'est ravissant, vu d'ici. Vous vivez seul ?
— J'apprécie la solitude, de temps à autre. Bien sûr, j'ai quelques employés, et Mae fait le ménage deux fois par semaine. Ma famille me rend parfois visite et met tout sens dessus dessous.
Tout en parlant, il lui avait pris la main.
— Vos parents viennent vous voir, ici ?
— Oui, ainsi que mon frère, mes deux sœurs accompagnées de leurs maris et de leurs enfants, et toute une ribambelle de cousins.
— Je vois...
En fait, elle ne voyait rien. Elle ne pouvait qu'essayer d'imaginer... et envier sa chance.

## *La couleur des roses*

— Je suppose qu'ils sont fiers de vous, poursuivit-elle.

— Ils m'ont toujours soutenu, même lorsqu'ils étaient persuadés que je divaguais.

L'étang était à environ cinq cents mètres du ranch. Johanna perçut le parfum des citronniers, puis l'odeur caractéristique de l'eau qui scintillait sous la lune. Quelques canards bruns barbotaient.

— Je n'ai jamais eu le courage de venir ici les mains vides, dit Sam. Je suis sûr qu'ils me suivraient jusqu'à la maison.

Ouvrant la serviette, Johanna en sortit un morceau de pain. Il fut gobé avant même d'avoir atteint la surface de l'eau. Elle éclata d'un rire clair.

— J'ai toujours eu envie de voir leurs pattes s'agiter d'en dessous, dit-elle. Ma mère et moi nourrissions souvent les canards. Nous leur donnions des noms stupides, pour voir si nous parviendrions à les reconnaître la fois suivante.

Elle se tut brusquement, étonnée d'avoir partagé ses souvenirs avec un étranger. Sam ne parut pas avoir remarqué ce changement d'humeur.

— Quand j'étais gosse, nous chipions des biscuits dans la cuisine pour les leur distribuer. Regardez ! Je crois bien que voilà une famille.

*La couleur des roses*

Suivant son regard, Johanna aperçut une cane suivie de ses petits.

— Comme ils sont mignons ! Je voudrais qu'il y ait davantage de lumière, pour mieux les voir.

— Revenez au grand jour.

La jeune femme leva les yeux vers son compagnon. A la lueur de la lune, il paraissait plus séduisant encore. Ses yeux brillaient dans l'ombre, sans qu'elle pût déchiffrer leur expression. Soudain intimidée, elle se détourna pour s'absorber dans la contemplation des canetons.

A cet instant précis, Sam songeait combien ce halo de cheveux blonds lui seyait. Ils devaient être doux et odorants, comme sa peau. Il ressentit le désir pressant d'y plonger la main, de caresser ce cou gracile pour voir si elle tremblerait.

Elle venait de distribuer les dernières miettes de pain.

— C'est un endroit ravissant. Je comprends que vous l'aimiez tant.

— Je désire que vous reveniez.

Le cœur de Johanna battit plus vite. Elle s'accrocha à l'idée que les choses paraissaient souvent plus graves à la lueur de la lune qu'au grand jour.

— J'ai perdu mon pari, c'est pourquoi je suis ici ce soir.

*La couleur des roses*

Il tendit la main pour repousser une mèche blonde qui lui barrait la joue.

— Il ne s'agit pas de cela, j'ai envie de vous revoir ici.

Elle aurait voulu écarter sa requête d'un haussement d'épaules. Cela lui fut impossible.

— Pourquoi ?

Un lent sourire étira la belle bouche de Sam.

— Je n'en sais fichtre rien, mais quand vous reviendrez, peut-être trouverons-nous ensemble la réponse. Pour l'instant, n'y pensons plus.

Il se penchait vers elle. Elle pensa qu'elle ne voulait pas qu'il l'embrasse. Elle avait beau vivre dans un monde où un baiser ne signifiait guère plus qu'une poignée de main, elle y voyait toujours une marque de tendresse, de confiance, d'intimité.

Les lèvres de Sam se posèrent sur celles de Johanna. Il sentit qu'elle se contractait, bien qu'elle ne tente pas de lui échapper. Elle était si ravissante, si distante, si visiblement sur ses gardes qu'il n'avait pas pu résister. Il ne s'attendait pas à ressentir un tel choc...

Il s'écarta, pris d'un léger vertige. A la lueur de la lune, le visage de la jeune femme avait la finesse d'un camée. Plongeant ses mains dans les cheveux

## La couleur des roses

blonds, comme il en avait eu envie, il s'empara une seconde fois de sa bouche.

Elle n'avait pas voulu cela... un raz de marée de désir... un rêve... Frissonnante, elle se serra contre lui, abandonnée au plaisir.

Elle avait le goût de la nuit, sombre, tourmentée. De toutes ses forces, il repoussa l'envie de déchirer la robe de toile blanche. Il la voulait tout entière. Là, sur l'herbe humide, il voulait découvrir tous ses secrets et la faire sienne...

Johanna était hors d'haleine lorsqu'ils se séparèrent. Atterrée, elle s'aperçut qu'elle venait de perdre la maîtrise d'elle-même, cette maîtrise acquise au prix de dures leçons. Elle devait se rappeler qui il était : un artiste adulé des femmes. Et surtout, elle devait se répéter qu'il n'y avait pas de place dans sa vie pour les scènes d'amour au clair de lune.

— Ce n'est une réponse ni pour vous, ni pour moi, dit-elle à mi-voix.

Sam comprit qu'elle avait reconstitué ses défenses, pourtant il lui reprit la main.

— Maintenant, je sais ce que j'ai ressenti la première fois que je vous ai vue.

— De la concupiscence au premier coup d'œil ?

— Bon sang, Johanna... !

*La couleur des roses*

Elle se détestait d'avoir été aussi directe, mais elle ne pouvait plus faire marche arrière.

— Très bien, Sam. Je serai honnête et avouerai que ce fut mieux que bien, mais je ne désire pas poursuivre dans ce sens.

Sam serra les mâchoires.

— Peut-on savoir pourquoi ?

Elle se força à sourire avec désinvolture.

— Mon métier m'interdit tout autre investissement. Disons que nous avons passé une bonne soirée et restons-en là.

— Non.

— C'est tout ce que je peux faire.

Il lui caressa une seconde fois les cheveux, non par volupté, cette fois, mais comme pour lui signifier qu'elle lui appartenait.

— Très bien, nous verrons combien de temps vous maintiendrez cette position.

Johanna ne parvint pas à feindre l'amusement parce qu'il l'effrayait... Elle le sentait beaucoup plus déterminé qu'elle-même, et c'est ce qui lui faisait peur. Dorénavant, songea-t-elle, elle devrait s'arranger pour ne jamais le rencontrer. Et autant commencer tout de suite.

— C'était une trop bonne soirée pour que nous la terminions par une dispute. Il se fait tard, et

*La couleur des roses*

puisque nous avons un long trajet devant nous, nous devrions rentrer.

— Entendu.

Malgré sa colère, il sourit dans l'ombre.

— Les plus longs trajets sont souvent fertiles en événements, vous ne croyez pas ?

Elle préféra ne pas répondre à cette question.

# Chapitre 4

Penchée sur sa liste, Bethany vérifiait que le nombre des prix correspondait bien au nombre de concurrents. Debout près de la fenêtre, Johanna contemplait la ville.

Etonnée que sa « patronne » témoigne d'un tel désintérêt pour son travail, Beth toussota.

— Euh... Tu as pensé à notre concours de l'été ?
— Quoi ?
— Les questions posées aux téléspectateurs ?
— Oh !

Se maudissant intérieurement, Johanna s'arracha à sa rêverie. Penser à Sam Weaver pendant les heures de travail constituait une perte de temps qu'elle ne pouvait pas se permettre. Elle ouvrit le coffre et en sortit un dossier.

— Je vais m'en débarrasser ce matin. J'ai là tout un éventail de questions. Le mieux est que John

## *La couleur des roses*

Jay en pose une chaque jour, mais jamais au même moment et surtout pas au début. Si nous voulons attirer le maximum de gens, il faut les tenir en haleine. Le problème de la voiture est-il réglé ?

— Oui. Les usines Ford sont d'accord pour nous en livrer une début juillet.

— C'est parfait, mais j'en veux deux.

— Deux quoi ?

— Deux voitures, Beth. « Regardez *A vos marques,* et vous remporterez des prix magnifiques. » Il faudrait que l'une des deux soit un break, à cause des enfants. L'autre sera blanche, conduite par John Jay en costume bleu.

— Tu veux faire vibrer la fibre patriotique ?

— Pourquoi pas ? Essaie de voir si nous ne pouvons pas porter le maximum des gains à cinquante mille dollars.

Beth lissa ses cheveux en arrière.

— Bien sûr. Je déploierai tous mes charmes, et si cela ne marche pas, je me roulerai sur le tapis.

— Utilise plutôt les indices d'écoute. Je veux un énorme encart dans *TV Magazine* et le *Supplément du dimanche*. Le premier noir et blanc, le second en couleur. Le spot publicitaire sera programmé dès que les voitures auront été livrées. Maintenant,

*La couleur des roses*

choisissons cinq questions dans la liste. Bien entendu, cette liste ne doit pas sortir du bureau.

Bethany hocha la tête et se pencha sur la copie que lui avait donnée Johanna.

— Première question : Où Betty a-t-elle rencontré sa soliste ? Qui est Betty ?

— Revoie ta culture musicale. Années 60, groupes féminins de rock and roll.

— C'est joliment difficile !

— Tant mieux ! Il faut que cela vaille cinquante mille dollars.

— Deuxième question : Combien de sorcières furent brûlées à Salem ?

— Aucune... Elles ont été pendues.

— Je vois...

Le téléphone sonna. Laissant Beth se creuser la tête sur son questionnaire, Johanna décrocha.

— M. Weaver en ligne, mademoiselle Patterson.

Incapable d'émettre un son, la jeune femme serra de toutes ses forces le récepteur.

— Mademoiselle Patterson ?

— Quoi ? Oh, dites à M. Weaver que je suis en réunion.

Comme elle raccrochait, Beth lui lança un coup d'œil étonné.

— Je pouvais attendre cinq minutes.

*La couleur des roses*

Johanna rapprocha la liste de ses yeux.

— Je doute qu'il ait voulu discuter de l'émission. Que dis-tu de la numéro six ?

— Je ne saurais pas y répondre non plus. Johanna... Tout s'est bien passé, l'autre soir ?

— Très bien. Nous avons passé une agréable soirée. Pour ma part, je retiens les questions numéro un, quatre, six, neuf et treize.

Beth nota sans rien dire, tandis que la jeune femme sortait de sa poche son tube de calmants. Elle hocha la tête en signe d'acquiescement et tendit la liste à Johanna pour qu'elle la remette dans le coffre.

— Je... je jurerais que tu as un problème.

Johanna entreprit d'empiler les papiers éparpillés sur son bureau.

— Absolument pas. Nous avons bien mangé, bavardé amicalement et c'est tout. J'ignore pour quelle raison Sam m'appelle au bureau, mais je n'ai pas le temps de discuter avec lui.

— Remarque que je n'ai pas prononcé son nom, j'ai simplement parlé d'un problème. Je commence à croire que c'est la même chose.

Se levant d'un bond, Johanna enfonça ses mains dans les poches de sa veste et marcha vers la fenêtre.

*La couleur des roses*

— Il ne veut tout simplement pas admettre qu'il ne m'intéresse pas.

— Et c'est vrai ? Je veux dire... qu'il ne t'intéresse pas ?

— Je ne veux pas être intéressée. C'est tout comme.

— Non, parce que si c'était vrai, tu serais capable de sourire et de lui dire gentiment « non, merci », au lieu de trouver des excuses pour ne pas lui répondre au téléphone.

Johanna inspectait soigneusement le géranium en pot qu'elle avait arrosé le matin même.

— Qu'est-ce qui te rend si experte en la matière ?

— L'observation, beaucoup plus que la pratique, malheureusement. Il a l'air d'un chic type, Johanna.

— Peut-être, mais il n'y a pas de place dans ma vie pour les hommes, en ce moment. Et encore moins pour les acteurs.

— C'est un pari difficile à tenir.

— Nous vivons dans une ville difficile à conquérir.

— J'espère que tu ne me briseras pas le cœur en m'apprenant que Sam Weaver est un voyou ?

Johanna adressa à son amie un sourire contraint.

— Non, bien sûr. Il est charmant, sympathique... pour un acteur.

— Sa vue me donne des frissons, avoua Beth.

*La couleur des roses*

A elle aussi, songea Johanna, et c'était précisément pour cela qu'elle devait l'éviter.

Sa secrétaire passa la tête dans l'embrasure de la porte.

— Un télégramme pour vous, mademoiselle Patterson.

La jeune femme le prit en murmurant un remerciement. Elle était stupide, se dit-elle en fixant le carré de papier bleu. Cela faisait près de vingt-cinq ans qu'elle avait reçu de sa mère le message qui lui avait brisé le cœur. Elle était trop jeune pour le lire elle-même... Réprimant la foule de souvenirs qui se pressaient dans sa mémoire, elle déchira l'enveloppe.

« Je peux être aussi entêté que vous. Sam. »

Johanna relut deux fois cette unique ligne, puis elle chiffonna le papier. Mais au lieu de le jeter dans la corbeille, elle le fourra dans sa poche.

— Mauvaises nouvelles ? s'enquit Beth.

— Rien d'important, affirma la jeune femme. Revenons à nos préoccupations professionnelles.

La mine sombre, Sam raccrocha. Si cela continuait, elle allait parvenir à le rendre fou... Elle

## *La couleur des roses*

n'avait pas répondu à un seul de ses appels, n'avait pas une seule fois daigné le recontacter.

« Mlle Patterson est en réunion... Mlle Patterson est occupée, elle est navrée de ne pouvoir vous répondre... » Il aurait été plus franc de dire que Mlle Patterson l'évitait comme la peste, oui !

Il se sentait l'âme d'un adolescent empoté, amoureux d'une princesse. Plus d'une fois, il s'était adjuré d'abandonner, de se trouver une femme moins compliquée pour passer une soirée agréable.

Sam jura sourdement. Il n'avait pas envie de passer la soirée avec une femme moins compliquée. Il voulait la passer avec Johanna. Ne serait-ce que pour vérifier si la scène de l'étang se reproduirait. Et si c'était le cas, pourquoi toutes ces manières ?

Mieux valait ne plus la voir. Un homme était libre lorsqu'il fréquentait plusieurs femmes à la fois, non quand il se concentrait sur une seule... Seulement voilà ! Il ne se concentrait pas sur Johanna, il ne parvenait plus à l'extirper de sa tête !

Quels secrets cachait-elle au plus profond d'elle-même ? C'est ce qu'il devait découvrir.

Quand il l'avait embrassée... Toute sa réserve s'était envolée. Elle s'était montrée aussi passionnée qu'un homme pouvait l'espérer. Quant à lui... Il n'avait pas seulement ressenti un intense plaisir.

*La couleur des roses*

C'était plus que cela, un transport de tout son être, un désir de possession comme il ne l'avait jamais éprouvé. Elle avait été aussi abasourdie que lui... et tout comme lui, la proie de ses sensations. Ne désirait-elle pas savoir pourquoi ?

Encore fallait-il savoir ce qu'elle voulait, et il le saurait. Qu'elle le veuille ou non, Johanna lui livrerait son mystère.

Elle était épuisée ! Johanna croqua deux aspirines avec son yoghourt. L'après-midi avait été ponctué de réunions, et bien qu'elle fût invitée à une réception, Johanna avait choisi de passer une soirée tranquille chez elle. Elle devait mettre au point la fête qu'elle projetait d'organiser en l'honneur de son équipe. Tous méritaient bien cette petite récompense.

Le soleil couchant brûla son visage quand elle sortit dans le jardin. Elle remarqua que les roses avaient besoin d'être arrosées et les haies taillées. Ravie par les parfums qui s'exhalaient des parterres, elle s'assit sur le gazon.

Enfant, elle avait passé bien des après-midi tranquilles, en compagnie du jardinier de son père. Il lui avait appris les noms des plantes et les soins qu'on devait leur donner. Parfois, elle rêvait qu'il

## La couleur des roses

était son père et qu'ils avaient été engagés tous deux dans cette grande propriété.

Et puis un jour, elle l'avait entendu dire à un autre employé combien il la plaignait. Tous les serviteurs de son père étaient pleins de compassion pour cette petite fille qu'on ne sortait que pour la parade, selon les caprices du maître. Elle possédait une maison de poupées à trois étages, un service à thé de porcelaine de Chine et un manteau de fourrure blanche. Elle prenait des leçons de danse et de piano et un précepteur lui enseignait le français. Bien des fillettes auraient rêvé avoir ce qu'elle possédait...

Lorsqu'elle avait six ans, une photo d'elle avait paru dans la presse. Elle portait une robe de velours rouge qui tombait sur ses chevilles et un diadème de diamants. Elle était la demoiselle d'honneur de l'actrice italienne qu'épousait son père... Une vraie princesse de Hollywood.

Pendant les deux années qu'avait duré cette union, son père avait passé presque tout son temps sur la Riviera, laissant sa fille dans la grande propriété de Beverly Hills.

Puis il y avait eu un scandale, suivi d'un divorce mouvementé. L'actrice avait gardé la villa italienne, tandis que son père engageait une liaison avec la vedette de sa dernière production. A huit ans,

*La couleur des roses*

Johanna jetait déjà sur le monde un regard froid et lucide.

Elle préférait la compagnie des fleurs à celle des hommes. Son grand plaisir était de les choyer, comme des amies. Elle ne portait d'ailleurs jamais de gants, pour mieux sentir leurs tiges fragiles. Quand, par hasard, elle se rendait chez la manucure, celle-ci poussait chaque fois des cris horrifiés à la vue de ses ongles courts.

« Cette petite manque totalement de féminité », c'était ce que Lydia avait dit à son père. Lydia avait figuré parmi les plus longues distractions de son père. Fort heureusement, il n'avait pas épousé cette pâle beauté infatuée d'elle-même.

« Mets-la dans une institution privée en Suisse, mon chou. Les religieuses sauront la dégourdir. »

A douze ans, Johanna avait vécu dans la terreur d'être envoyée au loin. Heureusement, Lydia avait été remplacée avant d'avoir pu convaincre Carl de la mettre en pension.

Dépourvue de féminité... De temps en temps, le verdict résonnait dans sa tête. La plupart du temps, elle l'ignorait car elle avait trouvé son propre style. Mais la vieille blessure se rouvrait parfois.

Absorbée dans ses pensées, Johanna entendit la voiture, mais elle ne leva pas les yeux. Ce fut

*La couleur des roses*

le coup de frein furieux qui l'alerta. Atterrée, elle vit Sam jaillir littéralement de derrière le volant.

Incapable d'articuler un son, elle le vit franchir la distance qui les séparait, l'air hors de lui.

Il l'était, en effet. Le long trajet parcouru depuis le ranch lui avait donné le temps de cultiver sa colère. Il pourchassait une ravissante blonde aux yeux froids. Et maintenant qu'elle était devant lui, il la revoyait telle qu'elle était au clair de lune.

La nuit était presque tombée. Agenouillée parmi les fleurs, elle ressemblait à une créature féerique, issue du *Songe d'une nuit d'été*. Ses mains étaient maculées de terre, l'air avait un parfum de péché originel, épais et odorant.

— Pourquoi diable avez-vous une secrétaire et un répondeur si vous n'avez pas l'intention de répondre aux messages ?

— J'ai été occupée.

— Ce n'est pas une raison pour être grossière.

Elle savait qu'il avait raison, pourtant elle arbora son sourire le plus professionnel.

— Je suis navrée. Nous organisons le concours de l'été, et je suis passée de réunion en réunion. Vous aviez quelque chose d'important à me dire ?

— Vous savez sacrément bien que c'est important.

Elle épousseta soigneusement son jean.

*La couleur des roses*

— Si quelque chose ne va pas dans votre contrat...
— Je vous en prie, Johanna, nous avons clos ce chapitre.
Elle leva les yeux vers lui.
— En ce cas...
Il enfonça les mains dans ses poches, pour s'empêcher de l'étrangler.
— J'ai horreur de me conduire comme un fou.
Elle se leva, attentive à ménager une distance respectable entre lui et elle.
— Je suis persuadée que vous ne l'êtes pas. S'il n'y a rien d'autre...
Sa phrase lui resta au fond de la gorge, car il venait d'attraper le devant de sa chemise.
— Vous ne vous en tirerez pas ainsi, dit-il calmement. Je me suis toujours considéré comme un homme d'un caractère aimable, mais je commence à me demander si je n'avais pas tort.
— Ce n'est pas mon problème.
— Vous croyez ?
Comme il l'attirait d'un geste brusque contre lui, elle leva les mains pour le repousser. Trop tard... la bouche de Sam était déjà sur la sienne.
Nulle tendresse en lui, cette fois-ci, il ne ressentait que l'urgence d'un désir contrarié depuis des jours. Elle ne se défendit pas. Il n'osait imaginer ce qu'il

*La couleur des roses*

aurait fait en ce cas. Au contraire, elle demeura immobile et, pendant un instant, il se demanda si elle était totalement insensible.

Puis elle gémit et jeta ses bras autour du cou de Sam avec une sorte de désespoir. La nuit s'épaississait, remplissant l'air de fraîcheur, mais elle ne percevait que la chaleur du grand corps serré contre le sien. Il sentait le cuir et le cheval...

— Je vous désire, Johanna. Depuis l'autre soir, je n'ai pas réussi à vous arracher de mon esprit. Je vous veux, maintenant.

Elle le voulait aussi. Parcourue de frissons, elle s'accrocha à lui. Elle voulait s'abandonner, perdre tout contrôle sur elle-même. Au tréfonds, elle croyait qu'il pouvait lui donner ce dont elle avait à peine osé rêver.

Pendant un long moment, elle se cramponna à Sam. Puis, au prix d'un énorme effort, elle parvint à se détacher de lui.

— Entrons, proposa-t-il.

Elle s'écarta d'un pas.

— Non, Sam, cela ne marcherait pas.

— Pourquoi ?

— Parce que je ne le veux pas. Vous m'attirez, je ne le nie pas, mais cela ne nous mènerait nulle part.

— C'est déjà fait.

*La couleur des roses*

— Alors, cela ne nous mènerait pas plus loin. Croyez-moi lorsque je vous dis que je suis désolée, mais mieux vaut y renoncer tout de suite.

Il lui caressa tendrement la joue.

— A mon tour d'être désolé, mais je refuse le verdict. Si vous vous attendez à ce que j'abandonne la partie, vous allez être déçue.

Elle respira profondément.

— Je ne coucherai pas avec vous.

— Maintenant, ou jamais ?

Elle se mit à rire malgré elle.

— Bonne nuit, Sam.

Comme elle s'éloignait en direction de la maison, il la rappela :

— Attendez, nous n'avons pas fini. Pourquoi ne pas vous asseoir ? La nuit est belle. Je jure de ne pas esquisser le moindre geste pour vous déshonorer.

Elle revint sur ses pas.

— Très bien, vous voulez boire quelque chose ?

— Que me proposez-vous ?

— Du café de ce matin.

— Je m'en passerai, merci.

Ils s'assirent sur une marche du perron, hanche contre hanche.

— J'aime cet endroit..., commença-t-il. C'est

*La couleur des roses*

tranquille, intime... joli. Depuis combien de temps habitez-vous ici ?
— Cinq ans.
— Vous avez planté vous-même les fleurs ?
— Oui.
Il étendit ses longues jambes et soupira d'aise.
— Vous savez, il me vient à l'esprit que nous ne nous connaissons pas très bien, tous les deux...
Elle lui jeta un regard méfiant.
— En effet.
— Que pensez-vous du flirt ?
Elle sourit.
— C'est une occupation d'adolescents.
— Vous pensez que les adultes ne s'y adonnent plus ?
— Les femmes que je connais ont des amants, non des petits amis.
— Mais vous n'en avez pas ?
— Cela ne m'intéresse pas, pour l'instant.
— Eh bien... je désire devenir votre cavalier attitré. Vous n'avez pas peur d'apprendre à me connaître ?
Elle se raidit aussitôt, preuve qu'il avait tiré sur la bonne corde, songea-t-il avec satisfaction.
— Bien sûr que non !
— Très bien. Il y a une soirée organisée au

*La couleur des roses*

bénéfice des sans-abri, vendredi soir. Je passerai vous prendre à 7 heures.

— Mais...

— Je suppose que vous aurez à cœur de contribuer à cette bonne œuvre, et puisque vous n'avez pas peur, vous accepterez de m'accompagner. Je n'apprécie pas énormément moi-même ce genre de réception, mais c'est pour la bonne cause.

Johanna cherchait désespérément une excuse.

— J'apprécie votre invitation, mais je n'aurai pas le temps de rentrer et d'être prête à l'heure dite.

— Qu'à cela ne tienne, je viendrai vous chercher à votre bureau, ce qui vous laisse une demi-heure de plus.

— Sam... Pourquoi essayez-vous de me manœuvrer de cette façon ?

Lui prenant la main, il embrassa le bout de ses doigts.

— Sachez que je pourrais m'y prendre bien autrement.

— Je m'en doute.

Il lui adressa une grimace ravie.

— J'adore quand vous prenez ce ton.

— Vous n'avez pas répondu à ma question.

— Quelle question ? Oh, je n'essaie pas de vous manœuvrer, je m'efforce simplement de sortir avec

*La couleur des roses*

vous, dans les termes que je vous ai proposés tout à l'heure. Regardez comme les étoiles brillent !

Elle leva machinalement les yeux. Elle s'asseyait souvent dehors, pour contempler les astres. Elle avait toujours préféré les admirer seule... Jusqu'à ce soir. Elle frissonna.

— J'ai un peu froid.

— Vous m'invitez à entrer ?

— Je ne suis pas transie à ce point. Dites-moi... pourquoi n'êtes-vous pas dans un club à la mode, en train de courtiser une actrice aux dents éblouissantes de blancheur ?

— Je l'ignore. Pourquoi ne dînez-vous pas en compagnie d'un producteur au bronzage discret ?

Elle pouffa.

— Je suis la première à vous avoir posé la question.

— J'aime mon métier, j'aime les tournages, les relations avec l'équipe, les répétitions. Et je n'ai pas honte d'être bien payé pour cela car c'est un travail harassant, bien que passionnant. Mais quand je suis en vacances, je n'ai pas de temps à perdre dans les clubs. Reviendrez-vous nourrir mes canards, Johanna ?

Consciente de faire une erreur monumentale, elle lui sourit.

— J'accepte votre invitation pour vendredi.

*La couleur des roses*

— A 7 h 30, à votre bureau ?
— Entendu. Amis seulement, n'est-ce pas ?
— Amis.
Comme il se penchait vers elle, elle le repoussa légèrement.
— Ne m'embrassez pas, Sam.
— Maintenant, ou jamais ?
— Maintenant, de toute façon... Conduisez prudemment, la route est longue.
— Elle me paraît chaque fois plus courte...

# Chapitre 5

A 5 h 30, les bureaux étaient déserts, ce qui permit à Johanna de se consacrer à sa tâche pendant soixante longues minutes, sans être interrompue.

Les questions prévues pour l'enregistrement du lundi avaient été choisies et vérifiées, mais elle prit le temps de les revoir, afin de s'assurer qu'elles étaient à la fois éducatives et amusantes.

Elle répondit à une pile de notes, lut des lettres et signa des chèques. L'avantage des émissions de ce genre, pensa-t-elle, c'était qu'elles étaient bon marché. En une semaine, elle distribuait environ cinquante mille dollars, à peine le coût d'une demi-heure de comédie.

Plus que jamais, elle était décidée à créer sa propre compagnie de productions. Elle imaginait déjà son logo : La Compagnie des jardins. Bien sûr, elle continuerait de produire des émissions

*La couleur des roses*

de jeux, mais elle explorerait aussi de nouveaux horizons... Un ou deux films de metteurs en scène débutants, une série hebdomadaire... Elle gravirait les marches l'une après l'autre. Mais pour l'instant, elle devait surtout penser à terminer la journée et... à franchir la soirée.

Après avoir rangé son bureau, Johanna tira son secret d'un tiroir. Le seul fait d'apporter une robe de soirée sur son lieu de travail lui avait causé une certaine émotion, mais elle n'aurait jamais cru qu'elle en viendrait à mettre... des faux ongles. Elle ouvrit la boîte, puis elle lut les instructions deux fois.

Une fois le matériel installé sur la table, elle examina ses mains. La parfumeuse n'avait pas eu tort d'affirmer qu'elle ne pouvait exhiber des doigts pareils. En soupirant, Johanna entreprit de coller les faux ongles sur les siens. Quand ce fut fait, au prix de maints efforts et de quelques exclamations de dépit, elle les peignit avec le vernis rose acheté à la parfumerie.

Elle maudissait à mi-voix l'esthéticienne quand la sonnerie du téléphone retentit.

— Johanna Patterson à l'appareil.

— C'est John Jay, ma douce. Heureusement que

*La couleur des roses*

vous êtes une fanatique du travail en dehors des heures ouvrables !

Johanna fixait ses ongles roses d'un œil critique.

— De quoi s'agit-il ?

— Eh bien, j'ai un petit problème avec ma carte de crédit. Est-ce que vous voulez bien intervenir auprès du gérant du Chasseur ? Il dit qu'il vous connaît.

— Passez-le-moi.

Il fallut environ deux minutes pour tirer John Jay d'embarras. Après avoir raccroché, Johanna constata que deux de ses ongles étaient partis, et que les autres ne valaient guère mieux. Elle soupira avant de les enlever tous.

Après tout, elle était une jeune femme compétente et intelligente, se répéta-t-elle. Elle approchait de la trentaine, et occupait un poste difficile. Pourtant, elle était probablement la seule femme du pays à s'escrimer contre dix faux ongles dotés d'une indéniable mauvaise volonté. Rageusement, elle jeta ses achats dans la corbeille, y compris la bouteille de vernis.

Dans les vestiaires, elle fit ce qu'elle put pour arranger ses cheveux. Puis, vêtue de son porte-jarretelles et de bas fumés, elle déballa la robe qu'elle avait portée une seule fois, un an auparavant.

## *La couleur des roses*

Elle était dépourvue de bretelles et extrêmement moulante, bien différente de ce qu'elle portait d'ordinaire. Avec un haussement d'épaules, Johanna l'enfila, après quoi elle dut se tortiller pour atteindre le zip de la fermeture Eclair. Pour la millième fois, elle se demanda comment elle s'était laissé embarquer dans tout cela. Enfin, elle put se contempler dans les miroirs qui surplombaient les lavabos.

La robe était jolie, admit-elle, et la couleur flatteuse, assortie au vernis qu'elle venait de jeter. Tout en s'adressant une petite grimace moqueuse, Johanna échangea ses boucles d'oreilles habituelles contre des anneaux d'or ornés de perle. Ensuite, parce qu'elle se sentait gauche et dépourvue de féminité, elle se maquilla tant bien que mal.

Une fois prête, elle enfila des chaussures à talons hauts et remit ses vêtements de travail dans le sac. Lundi, sa secrétaire les déposerait au pressing. Elle avait bien fait de donner rendez-vous à Sam au bureau, décida-t-elle. D'abord cela ressemblait moins à un rendez-vous d'amoureux, ensuite elle lui demanderait de la déposer au retour dans le parking des studios. Ainsi, elle rentrerait seule chez elle.

Le procédé était lâche mais sûr, pensa-t-elle avec une certaine gêne. Ses sentiments envers Sam

*La couleur des roses*

étaient un peu trop intenses, et il n'entrait pas dans ses projets d'avoir une liaison. En aucun cas elle n'imiterait son père...

Seigneur, qu'il était beau !

Il se trouvait dans son bureau, debout près de la fenêtre. Il ne l'avait pas entendue entrer, mais il pensait à elle avec une telle force qu'il sentit aussitôt sa présence. Il se retourna et l'image qu'il gardait d'elle se brisa pour se réassembler.

Elle paraissait si fragile, avec ses cheveux clairs réunis sur le haut de sa tête et ses épaules nues ! Il avait apprécié la femme d'affaires, désiré l'inconnue qui riait près d'un étang... Une nouvelle Johanna se dressait sur le seuil, presque trop délicate pour qu'on la touche.

Aussi ridicule que cela pût lui paraître, il dut reprendre son souffle.

— Bonjour. Je craignais que vous ne vous soyez enfuie.

Les jambes tremblantes, elle fit quelques pas dans la pièce.

— Non. Je me changeais.

Malgré elle, elle jeta un rapide coup d'œil sur ses ongles courts, comme s'il pouvait deviner ses tentatives de coquetterie.

— Vous êtes ravissante, Johanna.

*La couleur des roses*

Elle effleura du regard la haute silhouette, bien découplée dans son habit noir.

— Vous n'êtes pas mal non plus. Je suis prête.

— Une minute...

En quelques pas il fut auprès d'elle et, posant ses mains sur ses épaules nues, il l'embrassa.

— Je voulais juste vérifier que vous étiez bien réelle, murmura-t-il.

Elle était si réelle qu'elle sentait son cœur battre à grands coups.

— Nous devrions partir.

— J'avoue que je préférerais rester... Bien, peut-être une autre fois...

Prenant la main de la jeune femme, il l'entraîna vers l'ascenseur.

— Ecoutez, si nous nous ennuyons trop, nous pourrons partir tôt. Souriez !

— Les galas d'Hollywood ne sont jamais ennuyeux.

Elle s'était exprimée si sèchement qu'il se mit à rire.

— Vous ne les aimez guère.

— Je n'estime pas souvent nécessaire d'y assister.

Suivie de Sam, elle pénétra dans l'ascenseur.

— On ne peut appartenir à un monde et l'ignorer en même temps.

*La couleur des roses*

C'était pourtant ce qu'elle faisait depuis des années.

— C'est possible. Certains d'entre nous préfèrent rester dans les coulisses. Je... j'ai vu la bande-annonce de votre dernier film, poursuivit-elle pour changer de sujet. Elle est très réussie, très... sexy.

— Je dirai plutôt romantique.

— Quand vous retirez votre chemise et que votre torse luit au soleil, les gens pensent au sexe.

Tout en parlant, ils étaient parvenus dans le parking. Sam ouvrit la portière de sa voiture.

— C'est l'effet que cela vous fait ? Je peux ôter cet habit en cinq secondes, si vous le désirez.

Elle se glissa sur le siège avant.

— Merci, mais j'ai déjà vu votre torse. Pourquoi faites-vous de la télévision ? Je veux dire, à ce stade de votre carrière ?

— Parce que la majorité des gens ne tiendraient pas dans une salle de cinéma pendant quatre heures, et que je voulais faire ce film. Le petit écran est plus intime, le script aussi.

Le moteur de la voiture se mit à gronder, tandis qu'il poursuivait :

— Le personnage de Sarah est fragile, tragique. Elle est totalement confiante et naïve. La façon

*La couleur des roses*

dont Lauren a réussi à le rendre m'a frappé. Elle a vraiment trouvé l'essence de cette innocence.

Si l'on en croyait la presse, pensa Johanna, lui et sa partenaire, Lauren, avaient joué autant de scènes d'amour loin des caméras que devant elles... Elle ferait bien de s'en souvenir, d'ailleurs.

— Il est rare d'entendre un acteur parler d'un autre personnage que le sien.

— Luke est un salaud, dit simplement Sam. Un jouisseur opportuniste à la langue charmeuse.

— Avez-vous trouvé son essence ?

Il examina sa compagne à la lueur des néons.

— C'est vous qui me le direz.

Elle changea délibérément de sujet :

— Quel est votre prochain projet ?

— Une comédie.

— J'ignorais que vous jouiez la comédie.

— Visiblement, vous avez raté mon exploit dans *L'Etourdi*, il y a quelques années.

Elle pouffa.

— J'ose à peine avouer que oui.

— Cela ne m'étonne pas. C'était juste avant que je tourne ce spot publicitaire pour l'after-shave *Homme*. Vous vous souvenez ? « Quelle femme résisterait à un homme qui sent l'Homme ? »

Elle aurait ri si elle ne s'était rappelé ses propres

*La couleur des roses*

réactions en face de lui... La façon dont elle se pâmait à la seule évocation de son odeur.

— Vous avez bien mérité la célébrité, en effet.

— J'aime à le croire. C'est d'ailleurs à la suite de ce spot que j'ai eu le premier rôle dans *Bas les masques*.

Johanna ne l'avait pas oublié. Si la publicité avait révélé l'attrait érotique exercé par Sam Weaver sur le public féminin, *Bas les masques* lui avait permis de prouver qu'il était aussi un grand acteur.

— Ce genre de chance ne se présente pas souvent, dit-elle, et quand cela arrive, elle est généralement méritée.

Sam releva les sourcils.

— Je suppose qu'il s'agit d'un compliment ?

Johanna haussa les épaules.

— Je n'ai jamais prétendu que vous n'excelliez pas dans votre métier.

— Peut-être pourrions-nous présenter les choses autrement. En fait, depuis le début, le problème est que j'existe.

Elle ne dit rien, ce qui constituait en soi une réponse. Ils approchaient de Beverly Wilshire. Comme Sam se garait le long du trottoir, un employé en uniforme ouvrit la portière. Dès que Johanna fut descendue de voiture, les flashes crépitèrent.

*La couleur des roses*

Elle détestait cela à un point quasiment indicible. Prise d'une soudaine panique, elle voulut s'enfuir. Sam glissa un bras autour de sa taille, ce qui provoqua un nouvel afflux de journalistes.

— Ils s'acharneront moins si vous souriez et coopérez, lui murmura Sam.

— Monsieur Weaver ! Monsieur Weaver ! Que pouvez-vous nous dire à propos du film que vous avez tourné pour la télévision ?

Sam sourit aux reporters massés autour de lui. Il entreprit de se frayer un passage parmi eux, sans dédaigner toutefois de leur répondre :

— Avec un script de cette qualité et une partenaire comme Lauren Spencer, je pense que le film parlera de lui-même.

— Vos fiançailles avec Mlle Spencer sont-elles rompues ?

— Elles n'ont jamais eu lieu.

L'un des paparazzi prit le bras de Johanna.

— Peut-on connaître votre nom, mademoiselle ?

Elle se dégagea d'un mouvement sec.

— Patterson.

Elle entendit une exclamation.

— C'est la fille de Carl Patterson. Mademoiselle Patterson, est-il vrai que le mariage de votre père

*La couleur des roses*

est brisé ? Que pensez-vous de sa liaison avec une femme qui pourrait être sa fille ?

Sans répondre, Johanna s'engouffra dans l'immeuble. Le bras de Sam l'entourait toujours. Il sentit qu'elle tremblait de ce qu'il prit pour de la colère.

— Je suis navré.
— Vous n'y êtes pour rien.

Elle avait juste besoin de se calmer. Chaque fois qu'on lui posait des questions à propos de son père, sous l'œil indiscret des caméras, elle ne parvenait pas à lutter contre la détresse qui la submergeait. Cela arriverait encore, tant qu'elle serait la fille de Carl Patterson.

— Vous voulez boire un verre au bar ? proposa Sam.

— Non, merci. Je... je ne pourrais pas les affronter aussi souvent que vous.

— Cela fait partie du métier.

D'un doigt léger, il effleura le menton de la jeune femme.

— Vous êtes sûre que ça va ?
— Tout à fait. Simplement, je vais...

Elle voulait s'éclipser pendant quelques minutes. Elle en fut empêchée par un groupe bruyant qui se précipitait au-devant de Sam. Elle les connaissait tous, les uns de vue, les autres de réputation.

*La couleur des roses*

Lorsque Sam et elle parvinrent dans la salle de bal, d'autres invités les abordèrent. Johanna en avait rencontré un certain nombre chez son père. Il fallut serrer des mains, échanger quelques formules de politesse. Un acteur aux cheveux argentés embrassa Johanna. Elle lui rendit son baiser avec une affection qu'elle témoignait rarement à quiconque. Elle n'avait jamais oublié le soir où il était venu dans sa chambre et lui avait raconté des histoires, à l'occasion d'une des réceptions de son père.

— Oncle Max, vous êtes plus beau que jamais !
Max Heddison émit un rire grave.

— Ma chère Jo ! Ta vue me rappelle mon âge avancé.

— Vous ne serez jamais vieux.

L'embrassant une seconde fois, il se tourna vers Sam.

— Ainsi, tu as finalement choisi un acteur ? Au moins, tu en as choisi un bon. J'admire votre travail, jeune homme.

Après six ans de métier, Sam était toujours sensible aux éloges.

— Merci. C'est un honneur de vous rencontrer, monsieur Heddison. J'ai moi-même vu tout ce que vous avez fait.

— Ma petite Jo a du goût. J'aimerais assez

*La couleur des roses*

travailler avec vous, un de ces jours. Je ne le dirais pas à n'importe qui.

— Dites-moi quand et où.

Le regard songeur, Max hocha lentement la tête.

— Je travaille sur un script, en ce moment. Peut-être vous l'enverrai-je pour que vous y jetiez un coup d'œil. Ma Jo, j'espère voir ton joli minois un peu plus souvent.

Il embrassa encore la jeune femme avant de rejoindre Marie, sa seule et unique femme. Muet, Sam le regarda partir.

— Je vois que vous restez sans voix, commenta Johanna.

— Je n'admire aucun autre acteur autant que Max Heddison. Il sort peu, et les rares fois où je l'ai entrevu, je n'ai pas osé l'aborder.

— Vous êtes timide ?

— Intimidé, disons.

— C'est l'homme le meilleur que je connaisse. Une fois, pour mon anniversaire, il m'a donné un chiot. Mon père était furieux, mais il n'a rien dit parce que cela venait de l'oncle Max.

L'attendrissement qui brillait dans les yeux de Sam fit place à une résignation teintée d'agacement. Deux bras blancs venaient de se nouer autour de son cou.

*La couleur des roses*

— Sam chéri ! Où te cachais-tu donc, pendant tout ce temps où je ne t'ai pas vu ?

La jeune femme aux boucles rousses qui embrassait Sam avec ostentation offrit son meilleur profil aux caméras. Avec une douceur extrême, il parvint à se libérer.

— Comment vas-tu, Toni ?
— Bien. Comment me trouves-tu ?

Rejetant sa jolie tête en arrière, la jeune femme éclata de rire. Johanna remarqua que sa robe était aussi courte que la loi le permettait.

Sam fit les présentations.

— Johanna Patterson. Toni Dumonde.
— Ravie de vous rencontrer.

Johanna connaissait Toni Dumonde de réputation. Actrice médiocre, elle comptait plus sur son sex-appeal que sur son talent. Elle s'était mariée deux fois, et ses deux maris avaient favorisé sa carrière.

Toni fixait sur Johanna des yeux étonnés.

— Vous êtes la fille de Carl ! Quelle chance ! Je brûlais justement de vous rencontrer. Quelle heureuse coïncidence. Chéri ! Devine qui je viens de trouver !

Elle avait posé sur l'épaule de Johanna sa main ornée d'un diamant étincelant. A peine surprise, Johanna se laissa entraîner jusqu'à son père. Toni

*La couleur des roses*

se blottit contre Carl Patterson. A la lumière des lustres, sa bague brillait d'un éclat dur et froid.

— Johanna, je ne savais pas que tu serais là ce soir.

Carl effleura des lèvres la joue de sa fille, comme il l'avait déjà fait une bonne centaine de fois avec ses relations. C'était un homme de haute taille, mince et aux larges épaules.

Il n'avait rien tenté pour éviter à son visage la marque des ans parce qu'il craignait le bistouri, fût-il esthétique. En revanche, il prenait soin de son corps qui n'avait pas pris un gramme. A cinquante-cinq ans, Carl Patterson exerçait sur les femmes le même attrait qu'autrefois, accentué sans doute par le pouvoir de l'argent.

— Tu as bonne mine, dit Johanna. Je te présente Sam Weaver.

Elle s'était exprimée sans chaleur, nota Sam, qui s'avança, la main tendue.

— Enchanté, dit Carl. J'ai suivi votre carrière, Sam. On dit que vous commencez bientôt un film avec Berlitz?

— En effet.

Toni glissa son bras sous celui de Sam.

— N'est-ce pas charmant d'être réunis tous les quatre? Nous allons nous asseoir à la même

*La couleur des roses*

table, n'est-ce pas, Carl ? Après tout, je veux faire la connaissance de ta fille, maintenant que nous allons appartenir à la même famille.

Johanna ne broncha pas.

— Félicitations.

— Nous n'avons pas encore fixé la date, poursuivait Toni. Nous le ferons sitôt que les derniers obstacles seront levés.

C'est-à-dire dès que le dernier divorce serait prononcé, traduisit Johanna. Fort heureusement, la succession de ses belles-mères ne l'affectait plus.

— Je suis certaine que vous serez heureux.

Carl tapota tendrement le bras de sa fiancée.

— Nous en avons bien l'intention.

Sam saisit la main de Johanna. Elle était glacée. Il adressa à l'heureux couple un sourire d'excuse.

— Nous ne resterons pas longtemps, vous savez.

— Vous avez tout de même le temps de boire un verre en notre compagnie ! s'exclama Toni. Je t'en prie, insiste, mon chéri !

— C'est inutile, intervint Johanna. Le moins que je puisse faire, c'est de porter un toast à votre bonheur.

— Magnifique ! Je vous en prie, Johanna chérie, ne croyez pas un mot de toutes les calomnies qu'on

*La couleur des roses*

a dites à propos de Sam et de moi. Vous savez comme les gens aiment à bavarder, dans cette ville.

Elle jeta un sourire par-dessus son épaule avant de partir en ondulant en direction des tables.

— Pourquoi diable faites-vous cela ? grommela Sam.

Johanna redressa le menton.

— Parce que cela fait partie du jeu.

Assise en face de Toni, Johanna regardait sa future « belle-mère » roucouler entre son père et Sam. Jamais elle n'avait vu Carl Patterson aussi troublé par une femme. Il les avait désirées, convoitées, traînées dans la boue... Jamais elles ne l'avaient troublé.

Toni prit la main de Sam et adressa à Johanna une moue adorablement mutine.

— Méfiez-vous de cet homme, ma chérie, il brise les pauvres petits cœurs féminins.

Johanna porta sa coupe de champagne à sa bouche.

— Je n'en doute pas.

Toni ne l'écoutait pas. Tournée vers Sam, elle levait vers lui des yeux brillants.

## *La couleur des roses*

— J'ai entendu dire que ton film était merveilleux, Sam. Il sera projeté dans deux semaines, c'est cela ?

Sam sourit avec une pointe d'ironie. Il savait qu'elle ne lui pardonnait pas de l'avoir refusée dans le rôle de Sarah.

— Nous devrions vraiment tourner ensemble, poursuivait-elle. Je suis certaine que Carl accepterait de nous produire.

« Quand il gèlera en enfer », songea Sam.

— Je suis désolé, dit-il, mais Johanna et moi sommes déjà en retard.

Sans laisser à personne le temps de protester, il se leva.

— Enchanté de vous avoir rencontré, monsieur Patterson. A bientôt, Toni.

Johanna l'avait imité.

— Bonsoir, dit-elle à son père. Au revoir, Toni.

Elle se laissa entraîner par Sam hors de la salle de bal.

— Vous n'auriez pas dû écourter votre soirée, commença-t-elle.

— Vous n'y êtes pour rien. Je supporte mal la proximité de piranhas tels que Toni. Je vous emmène dîner quelque part.

— Je n'ai pas faim.

— Entendu. C'est moi qui suis affamé.

*La couleur des roses*

Dans le hall, Sam donna les clés de sa voiture au groom pour qu'on aille la lui chercher.

— Ecoutez, Sam, j'apprécie votre gentillesse, mais pourquoi ne pas me déposer au studio ? Je récupérerai ma Mercedes et je rentrerai chez moi.

— Pas question. Je vous raccompagnerai chez vous... Quand nous aurons dîné.

— Je ne peux pas laisser ma voiture en ville.

— J'enverrai quelqu'un vous la rapporter demain.

— C'est beaucoup de tracas, et...

— Johanna... Laissez-moi être votre ami, d'accord ?

Elle lutta désespérément contre l'envie de se blottir contre lui pour sangloter tout son soûl.

— C'est entendu, j'ai besoin d'air et de nourriture.

Un quart d'heure plus tard, Sam stoppait devant un restaurant fast-food. Il commanda des frites et des hamburgers et signa une douzaine d'autographes avant de rejoindre Johanna, qui l'avait attendu dans la voiture.

— Je parierais que la serveuse a glissé son numéro de téléphone dans le sac, dit-il en soupirant.

— Vous auriez dû me laisser y aller.

— Nous avons tous nos croix à porter. Ecoutez, Johanna, il n'est pas dans mes habitudes de me justifier, pourtant je veux faire une exception et vous dire que je n'ai pas eu de liaison avec Toni.

## La couleur des roses

— Cela ne me regarde pas, Sam.

— Je tiens à ce que vous me croyiez, d'autant qu'elle va sans doute épouser votre père. Toutes ces simagrées étaient grotesques !

Il se tut, ne voulant pas en dire davantage sur celle qui devait épouser Carl Patterson. Johanna l'observait. Absorbée dans ses propres pensées, elle ne s'était pas aperçue combien la prestation de Toni l'avait agacé.

Maintenant, Sam était sorti de la ville. Ils se trouvaient en haut d'une colline d'où ils pouvaient contempler les lumières de Los Angeles. Sam se gara sur un étroit plateau.

— Nous ne sommes pas habillés pour manger des hamburgers, mais j'ai pris une quantité de serviettes. Johanna... J'ai quelque chose à vous dire.

— Quoi ?

— Vous avez des jambes admirables.

— Donnez-moi un sandwich, Sam.

Ils mangèrent en silence pendant quelques minutes. Satisfait, Sam observait sa compagne du coin de l'œil. Tout à l'heure, dans cette salle de bal illuminée, elle semblait accablée de tristesse. Et le pire était qu'elle s'efforçait d'être vaillante.

— Voulez-vous que nous en parlions ?

Comme elle haussait les épaules, il poursuivit :

*La couleur des roses*

— J'ai cru comprendre que vous ignoriez que votre père allait se remarier.

— Je ne savais même pas qu'il comptait divorcer. Il ne discute pas de ces choses avec moi. J'ai été surprise parce que d'habitude il laisse s'écouler un an ou deux, entre deux mariages.

Sam frôla la joue lisse du bout des doigts.

— Vous avez de la peine ?

Elle secoua la tête, incapable de répondre pendant une longue minute.

— Mon père vit sa vie, ce qui me permet de vivre la mienne.

Sam agita le sac de frites.

— Vous savez, mon père et moi avons eu des disputes épiques.

— Vraiment ?

— Les Weaver sont tous dotés d'un sacré caractère. Nous adorons les cris. Je crois que j'ai dû passer les dix-sept premières années de ma vie nez à nez avec mon père. Par exemple, ce n'était pas parce que j'avais enfoncé la barrière des Greenley, qu'il avait le droit de me confisquer mon permis pendant six semaines !

Johanna éclata de rire.

— Du point de vue des Greenley, sans doute.

*La couleur des roses*

Content de l'avoir arrachée à sa tristesse, Sam posa un bras sur les épaules de la jeune femme.

— Vous vous sentez mieux ?

Elle soupira et se laissa aller contre lui.

— Incomparablement.

— Je regrette que vous ayez bu du champagne.

— Pourquoi ?

— Je ne voudrais pas profiter que vous êtes euphorique pour vous séduire.

Elle ne put s'empêcher de lever les yeux vers lui.

— Auriez-vous un code de l'honneur ?

Au lieu de répondre, il lui caressa les cheveux de sa main libre.

— Je vous désire, Johanna, mais quand vous serez à moi, je veux que vous ayez toute votre tête. C'est pourquoi, pour l'instant, je me contente de miettes...

Se penchant vers elle, il lui mordilla la lèvre inférieure, comme pour en goûter la douceur. Elle aurait pu le repousser. Il se montrait si prévenant, si doux, qu'il n'aurait pas insisté. Pas cette fois, du moins. Mais il y aurait les autres, elle le savait déjà, elle acceptait cette évidence. Une autre nuit, il la tiendrait contre lui de la même façon, peut-être à la lueur des étoiles, mais il ne serait plus aussi patient... et elle non plus.

*La couleur des roses*

Avec un petit soupir, elle lui caressa la joue.
— Je voudrais savoir où j'en suis...
Ce fut une torture, pourtant il parvint à s'écarter d'elle. Il aurait voulu emporter avec lui la douceur de sa peau, le parfum de ses cheveux, le goût pulpeux de sa bouche. Elle avait fermé les yeux et il vit à l'abandon de ses traits qu'elle aurait pu être à lui. Au prix d'un effort surhumain, il invoqua son fameux « code de l'honneur ».
— Il faudra que nous en discutions, ensuite nous aviserons. Mais pour l'instant, je vous raccompagne.

# Chapitre 6

Le samedi, Johanna s'acquittait des tâches qu'elle avait négligées durant la semaine. Elle n'en profitait pas pour s'offrir une grasse matinée, mais pour s'occuper du ménage, des courses et du jardin. Le samedi, comme tous les autres jours de la semaine, était soumis à une routine qu'elle variait rarement. Johanna privilégiait l'organisation, parce qu'une vie bien réglée est une vie sans dangers.

Ce matin-là, elle s'attaqua d'abord à la poussière. Johanna n'avait jamais envisagé d'engager une femme de ménage. La maison était un lieu trop intime pour en confier le soin à quiconque. Elle trouvait d'ailleurs un certain plaisir dans ces humbles tâches, parce qu'elle considérait que son domaine, ses meubles, ses affaires personnelles méritaient son attention. C'était aussi simple que cela.

*La couleur des roses*

Tout en passant l'aspirateur, elle pensa à Sam. Elle espérait qu'il n'oublierait pas sa promesse de lui faire rapporter sa voiture. Dans le cas contraire, elle demanderait à Bethany de venir la chercher le lundi matin, quant aux courses, elle les ferait plus tard. Depuis bien longtemps, Johanna ne dépendait plus des promesses des autres, ou de leur mémoire.

Pourtant, elle ne parvenait pas à détacher son esprit de Sam Weaver. Elle se rappelait la tendresse avec laquelle il l'avait embrassée, et ce qu'elle avait ressenti. Pour la première fois depuis des années, elle avait failli rompre le contrat passé avec elle-même : ne pas engager de liaison qu'elle ne pût contrôler.

Dans la cuisine, Johanna remplit un seau d'eau chaude. Bien sûr, elle n'était pas amoureuse de Sam Weaver. Dieu merci, elle n'appartenait pas à cette race de femmes, qui se pâmaient à la vue du moindre biceps. Quant à sa réputation... Elle jouait plutôt contre lui. Evidemment, elle savait ce que valaient les ragots de la presse.

Avec une sorte de rage, Johanna passa la serpillière sur le sol dallé. La presse... Les journalistes n'avaient jamais connu sa vérité, la vérité de sa mère. Fermement, elle écarta cette pensée. Les souvenirs ne lui valaient rien, les jours de solitude...

Elle respectait le talent de Sam Weaver, mais elle

*La couleur des roses*

avait trop connu de gens pervertis par leurs dons et l'argent qu'ils en avaient tiré. Son père en était un spécimen, lui et toutes les femmes qu'il attirait dans son sillage.

Pour être honnête, Sam Weaver possédait un charme indéniable, d'autant plus redoutable qu'il ne semblait pas le cultiver. Avec une aisance époustouflante, il avait réussi à creuser une première brèche dans le système de défense de Johanna. Il était temps de s'en inquiéter... et de trouver la stratégie adéquate.

Elle pouvait l'ignorer, mais elle doutait que cela marcherait. A moins qu'elle n'accepte, avec la plus grande prudence, son offre d'amitié. Peu à peu, elle parviendrait peut-être à le convaincre de la laisser tranquille.

Elle était incroyable ! Debout sur le seuil de la cuisine, Sam regardait Johanna, occupée à nettoyer le sol. Il avait frappé, appelé, mais le son de la radio avait couvert sa voix. Comme la porte n'était pas fermée, il lui avait suffi de traverser quelques pièces pour la trouver.

Johanna Patterson... Chaque fois qu'il la rencontrait, elle lui offrait une image différente d'elle-même. Sophistiquée un jour, délicieusement simple le suivant. Séduisante, puis glaciale. Nerveuse, puis

*La couleur des roses*

inflexible. Un homme pouvait passer des années à découvrir toutes ces facettes, et Sam pensait qu'il avait le temps.

Pour l'instant, elle était vêtue d'un jean délavé roulé jusqu'aux genoux et d'un T-shirt trop large. Ses pieds étaient nus et ses cheveux remontés sur le haut de la tête. Elle maniait la serpillière avec aisance, sans paraître incommodée par cette tâche. Il aimait cela, et elle lui plaisait pour cela.

Il savait exactement ce qui l'attirait en Johanna Patterson. Elle était belle, mais cela n'aurait pas suffi. Elle était intelligente, mais cela ne l'aurait pas retenu. Elle était vulnérable. Normalement, cela l'aurait plutôt fait fuir. Il y avait en elle quelque chose de tranchant qui pouvait devenir insupportable, au fil des années. Mais pour l'instant, c'était une jeune femme meurtrie, qui ne se laissait pas impressionner par la gloire. C'était la combinaison de tous ces traits de personnalité, qui la rendait unique aux yeux de Sam.

A cet instant, les yeux de Johanna tombèrent sur les pieds de Sam. Effrayée, elle serra sa serpillière comme une arme et leva la tête. A sa vue, elle éprouva un soulagement mêlé de colère.

— Comment êtes-vous entré ?

Il sourit avec une pointe de moquerie.

*La couleur des roses*

— Par la porte. Elle n'était pas fermée. J'ai supposé que vous ne m'aviez pas entendu frapper.
— En effet. Apparemment, vous avez pris ma surdité passagère pour une invitation.

Il lui tendit un trousseau de clés.

— J'ai pensé que vous aimeriez récupérer votre voiture.

Elle les fourra dans sa poche, plus gênée qu'irritée, maintenant. Elle n'aimait pas être prise au dépourvu.

— Merci.

Il sortit de derrière son dos un bouquet de marguerites. Ainsi qu'il l'espérait, les yeux de la jeune femme s'adoucirent.

— Tenez, je les ai volées dans le jardin de Mae. En espérant qu'elle ne s'en apercevra pas.

Reconnaissant sa défaite, elle émit un soupir résigné.

— Elles sont très belles. Je vous remercie de m'avoir ramené la voiture, mais vous m'avez surprise au mauvais moment. C'est à peine si je peux vous offrir un verre, car le sol est humide et je suis très occupée.

— Je vous invite à en boire un dehors. Mieux encore, allons déjeuner.

— C'est impossible ! Je n'ai pas terminé ici et je ne suis même pas habillée. D'ailleurs, je...

## *La couleur des roses*

— Vous êtes très bien comme vous êtes. Et vous devriez mettre ces fleurs dans un vase avant qu'elles n'inondent vos dalles.

Elle aurait pu se montrer désagréable. Pour une raison inconnue, elle n'en fit rien. En silence, elle alla chercher une vieille bouteille carrée, qu'elle remplit d'eau dans la salle de bains. Pendant qu'elle s'affairait, le volume de la radio baissa. Il était dans la salle de séjour, en train d'examiner sa collection de verres anciens. Cette vision eut le don de ranimer sa mauvaise humeur.

— J'imagine qu'il faut vous raccompagner chez vous ?

— Tôt ou tard.

Elle se tourna vers le téléphone.

— Je vais appeler un taxi. C'est moi qui réglerai la course.

Au moment où elle atteignait le récepteur, il posa sa main sur celle de la jeune femme.

— Johanna, de nouveau vous vous montrez inamicale.

— C'est vous qui allez trop loin.

— C'est exact. Avec vous, les subtilités ne marcheraient pas. Si nous allions déjeuner ?

Il leva la main pour ajuster une épingle à cheveux qui menaçait de tomber. Il aurait préféré les lui

*La couleur des roses*

enlever toutes, pour délivrer l'épaisse chevelure blonde.

— Je n'ai pas faim.

— En ce cas, nous commencerons par sillonner les routes avoisinantes en voiture. Cela vaut mieux, je vous assure, parce que si nous restons ici, je vais encore avoir envie de faire l'amour avec vous. Comme je suppose que vous n'êtes pas encore prête, sortons.

Johanna s'éclaircit la gorge.

— J'apprécie votre logique, pourtant je n'ai pas le temps de me promener.

— Vous avez un rendez-vous ?

— Non. C'est simplement que je...

— Vous m'avez déjà dit non. C'est trop dommage de rester enfermée à nettoyer une maison qui est bien assez propre.

Maussade, elle constata qu'il paraissait presque aussi amusé qu'elle était irritée.

— C'est mon affaire.

— Entendu. En ce cas, j'attendrai que vous ayez fini.

— Sam...

— Je suis têtu, Johanna, vous me l'avez dit vous-même.

— Très bien, je vais vous raccompagner chez vous.

## *La couleur des roses*

— Certainement pas !

Il la prit par les épaules. Soudain, l'expression de son visage avait changé. Il n'avait plus l'air amusé, maintenant, bien qu'il ne parût pas non plus en colère. Ce qui dominait, c'était cette détermination irréductible qui durcissait ses traits.

— Je veux passer la journée avec vous... et la nuit aussi, vous le savez sacrément bien. Pourtant, je me contenterai de quelques heures en votre compagnie. Donnez-moi une seule bonne raison, et je m'en vais.

— Tout simplement, je n'ai pas envie de sortir avec vous.

— C'est une constatation, non une raison. De plus, je n'y crois pas.

— C'est votre narcissisme qui vous en empêche.

Il s'assit sur le canapé et glissa distraitement un coussin sous sa nuque.

— J'ai tout mon temps. Cela ne me dérange pas de rester assis jusqu'à ce que vous cessiez de poursuivre une poussière imaginaire. J'accepte même de vous donner un coup de main, parce que ce n'est pas facile de rester longtemps enfermé avec vous sans... J'ai envie de vous toucher, Johanna, de vous caresser longuement.

— Sortons, décida-t-elle très vite.

*La couleur des roses*

— Bonne idée. Voulez-vous que je conduise ?
Elle allait protester, pour le principe, puis elle pensa qu'il la troublerait moins s'il avait les yeux fixés sur la route.
— Entendu. Juste le temps d'éteindre la radio et de me changer, et je suis prête.
Il s'empara de sa main.
— Vous êtes parfaite, vêtue ainsi. Je sens que je vais apprécier cette Johanna autant que j'ai aimé les autres.
Elle préféra ne pas réclamer d'éclaircissements.
— En ce cas, ce sera un déjeuner sans cérémonie ?
— Il le sera.
Il tint sa promesse. Le hot-dog dégoulinait de moutarde et le bruit était intense. Johanna contemplait les éléphants roses décrire des cercles au-dessus de sa tête. Ce n'était pas un rêve, c'était... Disneyland.
— Je n'arrive pas à y croire.
— Fantastique, n'est-ce pas ?
— Vous venez souvent ici ?
Il enfourna une énorme bouchée.
— C'est ici qu'on fait les meilleurs sandwichs. De plus, le château hanté me fascine. Il est extraordinaire, vous ne trouvez pas ?
— Je n'y suis jamais entrée.
Sam posa sur elle un regard sincèrement étonné.

## La couleur des roses

— Et vous dites que vous avez grandi ici ?

Elle haussa les épaules. Son père n'avait jamais jugé utile de l'emmener dans un parc d'attractions.

— Vous prétendriez n'avoir jamais mis les pieds à Disneyland ?

— Ce n'est pas une obligation, que je sache.

Il posa sa serviette sur la table.

— Venez, votre éducation est incomplète.

— Où allons-nous ?

— Nous allons monter dans le chariot sauvage de M. Crapaud. Vous aimerez, vous verrez. C'était vrai.

Une minute plus tard, Johanna se surprenait à hurler de rire, tandis que le chariot virait et tournait à travers les tunnels. Sans lui laisser le temps de reprendre son souffle, Sam la traîna ensuite sur les montagnes russes. Lorsqu'il se déclara satisfait, elle avait virevolté, tournoyé, navigué et volé. Les jambes tremblantes, elle se laissa affubler d'une paire d'oreilles de Mickey, gravées à son nom.

— Vous êtes à croquer, dit-il.

Il l'embrassa sur le bout du nez, ravi de la voir détendue comme elle ne l'avait jamais été.

— Je pense que vous êtes prête pour le château hanté, poursuivit-il.

— Est-ce qu'il vous met la tête à l'envers ?

*La couleur des roses*

— Non, il vous glace de terreur. C'est pourquoi vous vous pendrez à mon cou, ce qui me persuadera de ma bravoure.

La prenant par les épaules, il l'entraîna. Johanna s'était aperçue qu'il connaissait le parc comme sa poche.

— Vous êtes venu souvent, j'ai l'impression.

— Lorsque je suis arrivé en Californie, j'avais deux objectifs : décrocher un rôle et aller à Disneyland. Quand ma famille me rend visite, nous y passons toujours au moins une journée.

Johanna jeta un regard alentour. Des enfants couraient dans tous les sens, passant d'une attraction à l'autre avec un enthousiasme toujours renouvelé.

— C'est un endroit étonnant, dit-elle.

Sam parut hésiter.

— J'ai été Pluto, pendant six semaines.

— Pluto ?

— Vous connaissez sûrement le chien Pluto ?

Elle fronça les sourcils.

— Vous voulez dire que vous avez travaillé ici ?

— Sous un costume de chien. Il y faisait très chaud, d'ailleurs. C'est ainsi que j'ai payé mon premier loyer.

— En quoi consistait votre travail ?

— Je prenais part aux défilés, je posais pour les

*La couleur des roses*

photos, je transpirais beaucoup. J'aurais préféré incarner le capitaine Crochet, mais j'ai dû accepter Pluto.

Johanna s'efforça en vain de l'imaginer dans ce « rôle ».

— Je l'ai toujours trouvé adorable.

— J'étais un Pluto fantastique, estimable et loyal. Pourtant, Marv a pensé qu'il était inutile de le mentionner dans mon curriculum vitæ.

— Marv ? Oh, votre imprésario ?

— Il estimait que mon image de marque en souffrirait.

Tout en parlant, ils étaient parvenus au château hanté. Quelques minutes plus tard, leur train les emportait vers un monde où les fantômes dansaient et virevoltaient, où les spectres s'agitaient avec entrain. L'espace d'un instant, Johanna oublia qu'elle était une jeune femme raisonnable pour crier de terreur et de joie, comme tous les enfants qui l'entouraient.

Lorsqu'ils revinrent à la voiture, elle était épuisée. Serrant contre son cœur le Pluto en peluche que Sam lui avait offert, elle affirma :

— En tout cas, je n'ai pas hurlé.

— Vous ? Vous n'avez pas cessé, au contraire.

*La couleur des roses*

J'ai d'ailleurs admiré la force de vos poumons. Vous voulez y retourner ?

— Non, je demande grâce.

Sam ouvrit la portière.

— Aimez-vous les émotions, Johanna ?

— De temps à autre.

— Que diriez-vous de tout de suite ?

Il prit le visage de la jeune femme entre ses mains et l'embrassa sur la bouche, ainsi qu'il en avait eu envie dès l'instant où il l'avait vue nettoyer son plancher. Ses lèvres étaient chaudes, infiniment plus douces que dans son souvenir. Il s'attarda davantage qu'il en avait eu l'intention, et plus qu'il n'était sage. Quand elle voulut s'écarter, il la serra contre lui avec force.

Tout près de son oreille, il murmura :

— Je veux être seul avec vous, Johanna. N'importe où, pourvu que ce soit avec vous. Malgré tous mes efforts, je n'ai pas réussi à vous chasser de mon esprit.

— Je ne pense pas que vous ayez essayé.

Bien qu'elle tentât de lui résister, il l'embrassa de nouveau. C'était ce qu'il y avait de plus excitant, de plus irrésistible, en elle : cette résistance mêlée de passion.

— Vous avez tort, murmura-t-il entre deux

*La couleur des roses*

baisers. Je ne cesse de me répéter que vous êtes trop compliquée, trop survoltée pour moi. Pourtant je reviens toujours vers vous.

— Je ne suis pas survoltée.

Le ton outragé de Johanna l'amusa.

— La moitié du temps, vous semblez prête à exploser. Et j'ai bien l'intention d'être là quand cela arrivera.

Elle lui prit les clés des mains, décidée à conduire, cette fois.

— C'est ridicule !

— C'est ce que nous verrons.

Se glissant sur le siège du passager, il casa à grand-peine ses longues jambes.

— Vous me ramenez chez moi ?

Elle avait très envie de l'abandonner sur le parking, juste en dessous de l'effigie de Donald. Pourtant, elle se contint et grimpa à son tour dans la voiture.

— Bien sûr.

Dès qu'elle fut sur la grand-route, elle gagna la file de gauche et appuya sur l'accélérateur. Elle conduisait vite mais bien, songea Sam, l'œil fixé sur le compteur. Sans doute éprouvait-elle le besoin de se défouler...

Le pire était qu'il avait raison, pensait Johanna. Elle n'ignorait pas qu'elle était sur les nerfs la

*La couleur des roses*

plupart du temps. Mais elle faisait tout son possible pour se calmer, et les propos de Sam la blessaient cruellement.

Quand elle avait décidé de faire l'amour avec un camarade de faculté, lui aussi l'avait traitée de survoltée... sexuellement. « Détends-toi », lui avait-il conseillé. Elle n'y était pas parvenue, ni avec lui, ni avec les autres hommes qui la courtisaient. Aussi avait-elle cessé d'essayer.

Ce n'était pas qu'elle détestait les hommes, ce qui aurait été absurde. Simplement, elle refusait de s'engager, que ce soit sur le plan sentimental ou sexuel. Dans ce domaine, ses yeux s'étaient dessillés de bonne heure, et elle n'avait jamais oublié qu'on pouvait utiliser les sentiments et la sexualité comme des armes.

C'est pourquoi elle était « survoltée », bien qu'elle détestât ce mot. Elle ne s'abandonnerait certainement pas au charme de deux merveilleux yeux bleus ou d'une voix légèrement traînante.

Il lui avait dit la vérité et tant mieux si cela la faisait réfléchir, songeait Sam. Quant à lui, il profitait de chaque minute du trajet. Tôt ou tard, elle serait à lui... Il espérait que ce serait le plus tôt possible, ce qui lui éviterait de devenir fou.

— Nous dînons ensemble, la semaine prochaine ?

*La couleur des roses*

Je peux passer vous prendre au bureau mercredi prochain, si vous voulez.

— Je serai très occupée.

— Il faut bien que vous vous nourrissiez. Disons à 6 heures.

Comme elle braquait avec un peu trop de vivacité, les pneus crissèrent sur le bitume.

— Quand vous déciderez-vous à comprendre que quand je dis non, c'est non ?

— Jamais, je crois. Prenez la deuxième à gauche.

— Je m'en souviens.

Elle conduisait en silence et ne ralentit que lorsqu'ils franchirent la barrière de son ranch. Lorsqu'elle s'arrêta devant la maison, il resta un instant immobile, comme s'il réfléchissait.

— Vous voulez entrer ?

— Non.

— Vous voulez vous disputer avec moi ?

Elle ne se laissa pas dérider.

— Non.

— Très bien, nous nous disputerons une autre fois. Je vais vous dire une bonne chose... Vous ne voulez pas ? Tant pis ! Selon moi, il y a trois étapes à franchir en amour. D'abord, quelqu'un vous plaît, puis vous êtes amoureux, et enfin, si le canon sonne la charge, vous l'aimez pour la vie.

*La couleur des roses*

Les mains sur le volant, elle lui offrait un profil rigide.

— Très intéressant. Si seulement la vie pouvait être aussi simple !

— Je vous ai toujours dit qu'elle l'était... si du moins vous acceptez qu'elle le soit. En ce qui me concerne, Johanna, je suis déjà sur la deuxième marche. Une femme comme vous exige de connaître les raisons de ce type de phénomène, mais je suis incapable de vous les fournir parce que je ne les connais pas.

— Sam, je vous ai déjà dit que ce n'était pas une bonne idée de persister. Je le pense toujours.

— Non, vous ne le pensez pas toujours. Aujourd'hui, il y a une grande différence parce que je suis amoureux de vous. Vous avez le droit de le savoir.

Il se pencha pour l'embrasser sur la joue.

— Vous avez jusqu'à mercredi pour y réfléchir.

Il sortit de la voiture, avant de lancer par la vitre ouverte :

— Conduisez prudemment, voulez-vous ? Tant que vous serez survoltée, vous risquez de heurter quelque chose.

# Chapitre 7

La journée avait été longue... ou, pour être honnête, la semaine avait été interminable. Fort heureusement, Johanna avait eu assez de menus problèmes à résoudre pour s'abstraire de sa vie privée.

Pour commencer, le technicien préposé aux éclairages avait choisi le lundi pour avoir l'appendicite. Elle lui avait envoyé des fleurs à l'hôpital, non sans lui souhaiter un prompt rétablissement pour des raisons... pas tout à fait désintéressées. Ensuite, John Jay avait décidé d'avoir une laryngite. Johanna avait dû utiliser la cajolerie, assortie de menaces voilées, pour obtenir une guérison miraculeuse...

Le mardi s'était passé en réunions de toutes sortes, dont une avec son père, relativement épuisante. Comme toujours, ils s'étaient montrés l'un envers l'autre d'une courtoisie purement professionnelle. Ils

*La couleur des roses*

avaient discuté les statuts de l'émission, et dessiné les grandes lignes de son expansion future. Puis son père avait mentionné vaguement une réception de fiançailles. Dès que la date serait fixée, sa secrétaire préviendrait Johanna.

Et évidemment, Johanna regardait chaque matin *A vos marques* à la télévision. Par un coup du sort, l'émission à laquelle Sam avait participé était justement programmée cette semaine. Il était difficile, dans ces conditions, d'éviter de penser à lui. Le mercredi, elle avait déjà reçu des centaines de lettres de téléspectateurs enthousiasmés.

Le mercredi...

Il lui avait donné jusqu'au mercredi pour réfléchir. Elle n'en avait pas eu le temps, se répéta-t-elle en allumant son poste pour regarder l'émission du jour.

Le générique défilait sur l'écran, tandis que les deux célébrités venaient s'installer sur le plateau. Malgré elle, les yeux de Johanna se posèrent sur Sam pour ne plus le quitter.

Elle ne pouvait s'empêcher d'admirer son aisance souriante, cette confiance en lui-même qui semblait ne jamais l'abandonner. Il parvenait à mettre sa partenaire à l'aise, grâce à cette amabilité courtoise que le public attendait des stars.

Johanna en oubliait le jeu. Elle ne se souvenait

*La couleur des roses*

que trop bien que c'était après cet enregistrement qu'ils avaient fait un pari, et qu'elle avait perdu. Depuis, sa vie n'était plus la même.

Elle voulait que tout redevienne comme avant, quand elle n'était préoccupée que de sa carrière ! A cette époque, elle n'affrontait pas de longues nuits sans sommeil. Elle était « survoltée », peut-être, mais elle dormait.

Elle n'avait pas besoin de Sam, et de ses émotions. Tout ce qu'elle désirait, c'était la paix de l'âme...

Sam et sa partenaire avaient pris place sur les sièges réservés aux vainqueurs. Sous le feu des projecteurs, il recevait les ovations du public. Johanna se rappelait la rapide grimace qu'il lui avait adressée. A la seconde où les applaudissements retentirent, elle éteignit la télévision.

Prise d'une impulsion subite, elle décrocha le téléphone et forma le numéro personnel de Sam. Une voix de femme répondit. Aussitôt, Johanna en tira des conclusions propres à la justifier : un homme comme Sam était forcément entouré d'un harem. C'était justement ce genre d'individu qu'elle évitait comme la peste.

— Pourrais-je parler à M. Weaver, je vous prie ? C'est de la part de Johanna Patterson.

— Sam est absent. Puis-je prendre un message ?

*La couleur des roses*

A l'autre bout de la ligne, Mae cherchait le calepin qui se trouvait toujours au fond de sa poche de tablier.

— Patterson ? répéta-t-elle. Sam m'a parlé de vous. C'est vous qui produisez *A vos marques*, n'est-ce pas ?

Johanna fronça les sourcils, contrariée à l'idée que Sam avait parlé d'elle à l'une de ses femmes.

— En effet. Voulez-vous...

— Je n'en rate pas une, continua Mae. J'allume toujours le poste, quand je fais le ménage. Ensuite, je pose les questions à Joe. Joe est mon mari, mademoiselle Patterson. Je suis Mae Block.

Un peu honteuse d'avoir intérieurement calomnié Sam, la jeune femme murmura :

— Je suis heureuse que vous appréciiez notre émission.

— J'en suis folle ! Justement, je viens de regarder notre Sam. Je l'ai même enregistré, pour que Joe puisse le voir. Nous adorons Sam, vous savez. Il semble beaucoup vous aimer... Les fleurs vous ont plu ?

— Les fleurs ?

— Celles que Sam m'a chipées. Il ne sait pas que je m'en suis aperçue.

Johanna sentit sa résolution faiblir.

*La couleur des roses*

— Elles étaient ravissantes, madame Block.
— Mae. Appelez-moi Mae, ma chérie.
Se traitant intérieurement de lâche, Johanna balbutia :
— Pouvez-vous dire à Sam que j'ai appelé, Mae, et que...
— Vous le lui direz vous-même, ma chérie, le voici.
Sans laisser le temps à Johanna de trouver une excuse, la brave femme posa le récepteur et se mit à crier :
— Sam! C'est cette jeune femme qui te met la tête à l'envers, au téléphone. J'aimerais vraiment savoir à quoi tu penses quand tu mets une chemise blanche pour t'occuper des chevaux! Comment veux-tu que je nettoie ces taches brunes ? Tu ne pouvais pas essuyer tes pieds ? Je viens juste de laver par terre!
— Oui, m'dame. C'est une vieille chemise.
— Vieille ou non, il va bien falloir la laver. Un garçon de ton âge devrait savoir ça. Ne laisse pas ta jeune femme se morfondre au téléphone, je vais te faire un sandwich.
— Merci. Bonjour, Johanna.
Mae n'avait même pas mentionné son nom...
« Cette jeune femme qui te met la tête à l'envers »,

*La couleur des roses*

c'était tout ce qu'elle avait dit... Johanna passa une main tremblante sur son front.

— Je suis désolée de vous déranger à cette heure-ci. Vous devez être occupé.

— Par les vacances, oui. Je suis heureux que vous appeliez, Johanna, j'ai beaucoup pensé à vous.

— Eh bien... C'est à propos de ce soir.

— Oui ?

— Il se trouve que je dois assister à une réunion un peu tardive, et j'ignore à quelle heure elle se terminera.

Il savait reconnaître un mensonge quand il en entendait un.

— Pourquoi ne pas venir ici ensuite ? Vous devez connaître le chemin, maintenant ?

— Oui, mais il sera tard, je ne voudrais pas gâcher votre soirée.

— Elle le sera sûrement si vous ne venez pas.

Elle n'avait pas une seule bonne raison à lui opposer.

— De toute façon, je n'ai jamais accepté de sortir ce soir. Pourquoi ne pas nous voir une autre fois ?

Sam s'arma de patience.

— Johanna, vous ne tenez pas à me voir camper sur le pas de votre porte, j'imagine ?

— Je pensais juste qu'il valait mieux...

## *La couleur des roses*

— Si vous n'êtes pas là à 8 heures, je viens vous chercher. Il ne vous reste plus qu'à choisir.

— J'ai horreur des ultimatums.

— C'est bien dommage. A ce soir, ne travaillez pas trop dur.

Excédée, Johanna raccrocha. Elle n'irait pas, qu'elle soit pendue si elle y allait !

Evidemment, elle y alla.

Uniquement pour se prouver qu'elle ne manquait pas de courage, se dit-elle. D'ailleurs, on ne résolvait pas les problèmes en les fuyant, on les remettait seulement à plus tard. En outre, elle se sentait de taille à affronter tous les Sam Weaver de la terre...

Ce serait un dîner entre amis. Ils échangeraient quelques propos anodins sur les personnalités du show-business. Au moins, ce soir, elle disposait de sa propre voiture. Elle s'en irait quand elle en aurait envie, personne ne pourrait l'en empêcher.

Au moment où elle franchissait la barrière du ranch, elle se promit de profiter de cette soirée pour ce qu'elle était : quelques heures passées en compagnie d'un homme qui lui plaisait, rien de plus.

Lorsqu'elle eut garé la voiture devant la maison, elle refusa de se regarder dans le rétroviseur. Il n'était pas question de rectifier son maquillage ou d'ajuster sa tenue. Elle portait un strict tailleur gris et des chaussures plates, comme il convenait pour se rendre au bureau.

Depuis le porche, Sam observait Johanna avec intérêt. Elle ressemblait à ce qu'elle était la première fois qu'il l'avait rencontrée : guindée, froide... et subtilement sexy. Et tout comme la première fois, elle exerçait sur lui une intense fascination.

Souriant, il émergea de l'ombre.

— Bonsoir.

Méfiante, elle lui rendit son sourire. Surtout, ne pas se laisser énerver par sa présence ! Rester calme ! Le geste de Sam fut si imprévisible qu'elle n'eut pas le temps de lui échapper.

Passant une main derrière sa nuque, il l'attira contre lui pour l'embrasser. Il ne semblait pas agir sous le coup de la passion, mais plutôt lui souhaiter la bienvenue sous son toit. Sans voix, elle leva vers lui un regard désorienté.

— J'aime la façon dont vous portez le tailleur, Johanna.

— Je n'ai pas eu le temps de me changer.

Il passa un bras autour de la taille de la jeune femme et l'entraîna dans la maison. Elle était nerveuse... Il pensait pourtant qu'elle avait dépassé ce stade. Il ignorait s'il fallait s'en féliciter ou le déplorer.

## La couleur des roses

Johanna cherchait désespérément un sujet de conversation.

— Votre femme de ménage m'a dit qu'elle regardait *À vos marques*.

« Elle a aussi dit que je vous mettais la tête à l'envers », ajouta-t-elle pour elle-même. C'était ridicule, évidemment, des hommes comme Sam Weaver ne s'émouvaient pour aucune femme.

— Religieusement, dit-il. En fait Mae considère ma... performance de la semaine comme le sommet de ma carrière.

Il sentit que Johanna se détendait.

— Au risque de vous faire rougir, je dois avouer que nous avons reçu une montagne de lettres chantant vos louanges. Une vieille dame de soixante-dix ans affirme même que vous êtes le plus mignon jeune homme qu'elle ait jamais vu.

— Quand vous aurez fini de plaisanter...

— Je ne plaisante jamais quand il s'agit de mon travail.

— ... Nous pourrons dîner. J'ai pensé à un barbecue, puisque j'ignorais à quelle heure vous arriveriez de cette réunion.

— Quelle réunion ? Oh ! Elle s'est terminée plus tôt que je ne croyais.

*La couleur des roses*

Amusé par sa bévue, Sam décida de ne pas l'accabler.

— J'ai acheté des dorades. Servez-vous de vin pendant que j'allume le feu.

— Entendu.

La bouteille était déjà ouverte. Pendant qu'il sortait sur la terrasse, Johanna remplit les deux verres qu'il avait posés sur le comptoir de la cuisine.

Il avait certainement deviné son mensonge. Elle ne se rappelait pas avoir jamais été aussi déchiffrable, songea-t-elle en soupirant. Le fait qu'il l'avait épargnée accentuait son sentiment de honte. Le moins qu'elle pouvait faire, maintenant, c'était de se montrer bonne joueuse et d'agréable compagnie.

Prenant les deux verres, elle sortit. La piscine lui parut délicieusement fraîche. Quand elle vivait chez son père, elle nageait chaque jour. Aujourd'hui, elle ne trouvait jamais le temps de se rendre à son club de gymnastique. Elle rejoignit Sam qui se tenait près du barbecue de pierre, un plat à la main.

Il remarqua le regard d'envie qu'elle jetait sur l'eau.

— Vous ne voulez pas faire quelques brasses avant le dîner ?

— Non, merci.

— Vous pourrez toujours vous raviser après vous être restaurée. Asseyez-vous, ce ne sera pas long.

## La couleur des roses

Au lieu de lui obéir, elle s'éloigna pour observer les alentours. Il semblait si heureux ici, tellement « chez lui ». Il aurait pu être n'importe qui, un homme ordinaire. Elle se souvint de ce qu'elle avait lu le matin même à propos de Sam.

— Vous avez une très bonne critique de *Pas de roses pour Sarah*, dans *TV magazine*.

— Je l'ai lue.

Fasciné, il observait comment le soleil couchant formait autour d'elle un halo doré. Soudain, ce tailleur gris évoquait les soirées calmes, après une journée de travail.

— Le journal *Variétés* est également enthousiaste. Comment disent-ils, déjà ? Ah oui ! « La performance de Sam Weaver est saisissante. »

Sam posa les filets de poissons sur la grille. Une fumée odorante s'en échappa aussitôt.

— « Il séduit Sarah et le public avec le même panache », poursuivait Johanna. Panache ! C'est un mot qui doit vous faire plaisir, non ?

— Je ne savais pas que vous vous teniez au courant de tous les potins du show-business, Johanna.

Elle se mit à rire.

— Je suis aussi humaine. Rien ne pourra me faire bouger de mon siège, dimanche soir, quand le premier épisode de votre film passera.

*La couleur des roses*

— Et lundi ?
— Tout dépendra de votre saisissante performance du dimanche.

La grimace de Sam laissait entendre qu'il n'avait aucun doute à ce sujet.

— Gardez un œil sur les poissons, voulez-vous ? Je reviens tout de suite.

Une fois seule, Johanna s'étira. La réunion était un faux prétexte, en revanche, la journée avait été vraiment très longue. De nouveau, elle regarda la piscine avec envie. Si seulement Sam avait été n'importe qui d'autre, un ami dont elle aurait partagé le repas, avec qui elle aurait discuté de sa journée ! Ensemble, ils auraient pu glisser dans l'eau froide. Plus tard, après le repas, ils se seraient étendus l'un près de l'autre, pour bavarder tranquillement. Sur la table, les chandelles se seraient consumées peu à peu...

Quelque chose frôla les jambes de Johanna. Elle sursauta, arrachée brutalement à son rêve d'amitié platonique. Une main sur le cœur, elle vit un gros chat gris qui fixait sur elle ses prunelles mystérieuses. Elle tendit le bras pour lui caresser les oreilles.

— D'où viens-tu ?
— De l'écurie, fit la voix de Sam dans l'ombre. Je suppose que Silas a été attiré par l'odeur du

*La couleur des roses*

poisson. Il vient voir s'il réussira à attendrir l'un de nous. Il peut se montrer charmant. Vous aimez les chats ?

— Oui, j'ai même pensé à en avoir un. Pourquoi Silas ?

— A cause du roi de la légende, vous vous souvenez. Le roi Silas accaparait l'or, celui-ci accapare les souris.

— Un peu tiré par les cheveux, non ?

— Je l'admets.

Sam but une gorgée de vin avant de reprendre.

— Dites-moi, quand votre émission sera-t-elle programmée le soir ?

— Nous commençons d'enregistrer dans deux semaines, et la série commence dans quatre.

— Vous avez dû engager du personnel ?

— Un peu. En fait, tout ce qui a changé, c'est que nous enregistrons deux jours par semaine au lieu d'un. Vous avez envie de revenir nous voir ?

— En fait, je vais être assez occupé, pendant quelque temps.

— Votre prochain film...

Johanna se détendit. C'était bien ainsi qu'elle avait imaginé la soirée. Parler métier, rien de plus.

— Quand commencez-vous le tournage ? demanda-t-elle.

*La couleur des roses*

— Théoriquement, n'importe quand à partir de maintenant. En réalité, dans une huitaine de jours. Nous allons d'abord travailler en studio, puis nous partirons pour l'Est. Si l'on s'en tient aux prévisions, nous passerons trois semaines dans le Maryland, à Baltimore pour être précis.

— Vous devez être pressé de commencer.

— Rien de tel que les vacances pour remettre la machine en marche. Comment trouvez-vous le poisson ?

Elle avait terminé son assiette sans même s'en rendre compte.

— Merveilleux. Je me suis acheté un gril, il y a quelques mois, mais tout ce que j'ai voulu faire cuire a brûlé.

Quelque chose dans l'expression de Sam alerta Johanna. Il se pencha pour lui prendre la main.

— Vous devez baisser la flamme, garder l'œil, et avoir beaucoup de patience.

— Je...

Il avait porté les doigts de la jeune femme à ses lèvres, et les embrassait un à un.

— J'essaierai encore, parvint-elle à articuler.

— Votre peau a toujours un parfum particulier... Comme si vous aviez marché sous la pluie.

*La couleur des roses*

Même quand vous êtes loin de moi, je ne peux m'empêcher d'y penser.

— Nous devrions... aller nous promener. J'aimerais revoir votre étang.

— Entendu.

Patience..., se rappela Sam. Mais la flamme n'était pas aussi basse qu'elle l'avait été. Voyant qu'il rassemblait la vaisselle, Johanna songea qu'elle aurait dû lui proposer son aide, mais elle ressentait le besoin d'être seule un moment.

Le chat se précipita sur les miettes de poisson avec avidité, comme s'il n'avait cessé d'attendre cet instant depuis le début du repas. Sam était comme lui... Soudain glacée, Johanna mit ses bras autour d'elle.

Elle n'avait pas peur de lui... Plutôt peur d'elle-même, et c'était pire dans une certaine mesure. Elle était là parce qu'elle l'avait voulu, il était temps d'affronter cette réalité. Elle avait déjà admis qu'il ne l'avait pas manœuvrée pour la contraindre à venir. Elle s'était manœuvrée elle-même, ou plutôt elle avait manœuvré la part d'elle-même qui se refusait à bouger.

Mais il y avait aussi en elle une inconnue qui se découvrait peu à peu, qui savait exactement ce qu'elle voulait. Qui elle voulait. C'était elle qui

*La couleur des roses*

avait commis la lourde erreur de tomber amoureuse de Sam.

Avant qu'elle ait eu le temps de mesurer l'énormité de cette constatation, Sam était de retour. Il portait un sac de plastique plein de pain rassis.

— Vous êtes prête ?

Elle était pâle, les yeux agrandis. Si Sam ne l'avait pas connue, il aurait pensé que quelqu'un lui avait asséné un vigoureux coup de poing.

— Je vois que vous avez pensé à vos bêtes, dit-elle. On dirait qu'elles font de vous ce qu'elles veulent.

Dieu merci, sa voix était ferme ! Elle la maîtrisait encore.

— On le dirait.

Il frôla du bout des doigts le visage de la jeune femme. Elle ne recula pas, mais il sentit qu'elle serrait la mâchoire.

— Vous avez l'air un peu troublée, Johanna.

Terrifiée était le mot juste, songeait-elle. Elle était amoureuse de lui ! Seigneur, quand était-ce arrivé ? Comment ? Et surtout, pourquoi ?

— C'est sans doute le vin. Marchons.

Le vin n'y était pour rien, mais il la laissa dire. Prenant fermement la main de Johanna dans la sienne, il la guida vers le chemin.

— La prochaine fois que vous viendrez, il faudra

*La couleur des roses*

songer à vous habiller de façon plus appropriée. Ces chaussures sont trop fragiles pour la marche. Il vous faudrait des bottes ou des baskets.

Fragiles... Johanna baissa les yeux sur ses chaussures basses importées d'Italie. Elle réussit à réprimer un soupir. Fragiles... Pas autant qu'elle !

— Je peux toujours vous porter, dit Sam.
— Ce sera inutile.

De nouveau, elle avait adopté cette voix basse et froide. Tandis qu'ils s'engageaient dans le sentier, il ne put réprimer un sourire. Le soleil était presque couché, faisant place à une lumière douce et nacrée. De petites fleurs sauvages étaient écloses depuis leur dernier passage. Sam pensa que Johanna pourrait les nommer s'il le lui demandait, mais il préférait leur conserver l'anonymat.

L'odeur de l'eau parvint jusqu'à lui. Il entendit le clapotis des vaguelettes contre l'herbe haute. Depuis quelque temps, chaque fois qu'il était venu là, il avait pensé à elle. Les oiseaux s'étaient tus. Sans doute s'installaient-ils pour la nuit. Il aimait la quiétude du soir et le sentiment de solitude qui l'accompagnait. Il se demanda si Johanna ressentait les choses comme lui... Il avait tendance à croire que oui.

L'étang s'assombrissait comme le ciel. Les ombres

## La couleur des roses

des arbres s'étiraient à la surface de l'eau. A la vue des canards qui se hâtaient dans leur direction, Johanna sourit.

— Je parie que Silas et ses compagnons ne les ennuient pas.

— Trop fatigant de quitter l'écurie pour trotter jusqu'ici.

Sam tendit le sac à Johanna. La jeune femme rit encore quand les volatiles se précipitèrent avidement sur les miettes qu'elle leur distribuait.

— Je parie que plus personne ne les gâte ainsi, quand vous êtes parti.

— Mae s'en charge, bien qu'elle ne l'avoue pas.

— Oh ! Je n'avais pas encore vu le mâle de si près ! Et regardez comme les petits ont grandi !

Elle lança des morceaux de pain jusqu'à ce que le sac soit vide, puis elle le glissa machinalement dans sa poche.

— Que c'est agréable, murmura-t-elle. Juste de l'eau et de l'herbe.

« Et lui », songea-t-elle. Mais elle ne leva pas les yeux vers lui, jusqu'à ce qu'elle sentît la main de Sam se poser sur sa joue.

C'était exactement ce qu'il avait fait la première fois, et pourtant ce n'était pas pareil. Cette fois, elle savait précisément ce qu'elle allait ressentir quand

*La couleur des roses*

il l'embrasserait. Elle savait qu'il allait toucher ses cheveux avant de l'attirer, elle savait qu'elle ne saurait plus où elle en était, que son cœur battrait la chamade...

Elle le savait et pourtant elle fut prise au dépourvu.

Il semblait à Sam qu'il attendait cet instant depuis un siècle, cependant il ne la connaissait que depuis quelques semaines. Et quand sa bouche se posa sur celle de Johanna, il sut qu'il touchait au port. Elle l'ignorait encore, il le sentait à son hésitation, bien que la passion ne fût pas loin. Mais il suffisait qu'il en fût convaincu pour deux.

Il comprit qu'elle allait lui appartenir sur les bords de l'étang, à l'endroit même où le désir était passé entre eux pour la première fois.

Les doigts de Johanna se crispèrent sur la chemise de Sam. Elle ne savait plus si elle le repoussait ou si elle l'attirait contre elle. D'ici à quelques minutes, elle ne serait plus capable de raisonner clairement. Si elle ne parvenait pas à lui échapper maintenant, elle était perdue.

Elle gémit, car Sam faisait glisser sa veste le long de ses bras. Puis il défit lentement les boutons de son chemisier. Quand elle sentit ses doigts sur sa peau, elle frissonna et parut se réveiller d'un long sommeil. Non ! Il ne fallait pas !

*La couleur des roses*

Mais les lèvres de Sam descendaient le long de sa gorge, lui faisant perdre toute notion du danger.

Sam fit appel à toute la maîtrise qu'il possédait sur lui-même pour ne pas s'emparer d'elle comme un sauvage. Elle avait besoin de temps, de tendresse, même si son propre désir le rendait presque fou. Elle tremblait, comme il l'avait imaginé au cours de ses rêveries érotiques. Sa jupe tomba par terre, il posa ses mains sur les hanches fines et les caressa longuement.

Le soleil était couché, mais il pouvait encore la contempler. Ses cheveux balayaient son visage, ses grands yeux bleus étaient empreints d'incertitude. Il l'embrassa de nouveau, lentement, frôlant de ses lèvres la joue lisse tandis qu'il se débarrassait de sa chemise.

Il vit qu'elle hésitait à le toucher. Prenant alors la main de la jeune femme, il la porta à ses lèvres, paume ouverte.

Puis il étendit Johanna sur l'herbe.

Le sol était froid et humide. C'était une sensation qu'elle n'oublierait jamais. Il était au-dessus d'elle, si bien qu'elle voyait seulement son visage, puis elle ne vit plus que ses yeux.

Au moment où il se penchait vers elle, elle entendit l'appel du hibou, ensuite il n'y eut plus que Sam.

*La couleur des roses*

Elle se mit à trembler, non plus de peur ou de doute, mais de pur plaisir. Quand elle tendit les bras pour le serrer contre elle, le monde n'exista plus pour eux.

Elle était si douce, si spontanée dans l'amour! Il se demandait combien de facettes elle lui découvrirait encore. Maintenant, elle s'offrait à lui, aussi totalement qu'il l'avait espéré. Avec une tendresse infinie, Sam entreprit d'explorer ce corps gracieux qui s'éveillait sous sa bouche. Il sentit les pointes de petits seins se dresser, la peau soyeuse frissonner sous ses caresses.

Enfin, elle poussa un gémissement rauque qui versa un feu brûlant dans ses veines. Comme il s'emparait d'elle, les doigts de Johanna se crispèrent dans l'herbe. Elle cria son nom, emportée dans un tourbillon de sensations délicieuses, au-delà de tout ce qu'elle avait pu rêver ou imaginer.

Ils reprirent leur souffle longtemps plus tard. Le visage enfoui dans les cheveux blonds de Johanna, Sam comprit qu'il était dorénavant son prisonnier.

# Chapitre 8

Incapable d'articuler un son, Sam se demandait même s'il lui serait jamais possible de recouvrer l'usage de la parole. Il songea vaguement qu'il devait dégager Johanna de son poids, mais l'idée de s'écarter d'elle lui était intolérable.

Au-dessus de leurs têtes, les étoiles s'allumaient une à une. Les yeux levés vers le ciel sans le voir, Johanna sentait le cœur de Sam battre contre le sien à un rythme accéléré.

Elle ne se savait pas capable de donner et de recevoir un tel plaisir... Sous elle, l'herbe humide rafraîchissait son corps brûlant. L'eau, agitée par la brise, clapotait sur la rive.

Presque inconsciemment, elle leva la main pour caresser les cheveux de Sam. Il ferma les yeux.

Ce qui autrefois lui aurait paru anodin revêtait maintenant pour lui une importance capitale. Il

*La couleur des roses*

comprit qu'il avait gravi le troisième échelon, sans même s'en apercevoir.

— Johanna... Tu es si ravissante.

Elle sourit, les yeux mi-clos.

— Je ne pensais pas que cela puisse arriver.

— J'imaginais bien que cela se passerait ici, mais dans mes fantasmes les plus fous, je n'approchais pas la réalité. Je n'ai jamais...

Pendant une fraction de seconde, il sentit qu'elle se raidissait.

— Je n'ai jamais rien senti de tel avec personne, termina-t-il.

Du regard, il la suppliait de le croire, mais elle n'avait pas encore dénoué tous les liens qui la gardaient prisonnière de son passé.

— Je t'ai désiré, moi aussi, mais je suis incapable de jurer de l'avenir.

— Je n'ai pas l'intention de te laisser t'enfuir.

Comme elle allait protester, il couvrit la bouche de la jeune femme de la sienne. Quand elle put penser de nouveau, elle tenta de se dégager. Elle avait besoin de temps, pour réfléchir et prendre du recul.

— Il est tard, dit-elle en s'asseyant, je dois partir.

Sam parvint à entrouvrir les yeux.

— Où ça ?

*La couleur des roses*

Johanna tendit la main vers sa jupe.
— Je dois rentrer chez moi.
Il l'attrapa par le poignet.
— Si tu t'imagines que je vais te laisser disparaître, tu as perdu l'esprit.
Elle se mit à rire.
— J'ignore de quoi tu parles. Et pour commencer, il n'est pas question que tu me permettes quoi que ce soit. Je n'ai pas l'intention de passer la nuit sur l'herbe, aussi tendre soit-elle.
— Tu as tout à fait raison. Enfile plutôt ma chemise, tu t'habilleras à la maison.
Si elle n'avait pas été si détendue, elle se serait étonnée qu'il cède si facilement. Docilement, elle passa la chemise de Sam. Elle avait son odeur. Inconsciemment, la jeune femme frotta sa joue contre le col, tandis que Sam ramassait les vêtements épars.
— Donne-moi la main, dit-il, je vais te guider jusqu'au ranch.
Johanna le suivit le long du sentier. Elle espérait pouvoir se montrer aussi naturelle que Sam. Ce qui s'était passé ce soir avait été très beau, mais il ne fallait pas en exagérer l'importance.
« Jamais rien de tel avec personne d'autre... »
Elle aurait été folle de le croire, même si Sam

*La couleur des roses*

n'était pas homme à mentir. Sans doute pensait-il sincèrement la chérir... pour l'instant.

Elle savait trop bien que les sentiments intenses ne survivaient pas longtemps, et que les promesses proférées dans ces moments s'écroulaient. C'est pourquoi elle n'en faisait pas elle-même.

De son côté, Sam réfléchissait. Ils avaient encore un long chemin à parcourir, tous les deux. Elle n'était pas près de prendre ce qu'il était prêt à donner. Mais pourrait-il faire preuve de patience, maintenant qu'il se savait passionnément épris ?

Lorsqu'ils parvinrent sur la terrasse, Sam déposa les vêtements de Johanna sur une table. Les sourcils froncés, elle le vit qui ôtait son pantalon.

— Qu'est-ce que tu fais ?

Il se tenait devant elle, indéniablement superbe à la lueur de la lune. Avec un sourire qu'elle comprit une seconde trop tard, il la souleva dans ses bras.

— Voici ce que nous allons faire...

Et il sauta avec elle dans la piscine. Bien que l'eau fût plus tiède que l'air de la nuit, ce fut tout de même un choc.

Elle poussa un cri perçant, juste avant d'être submergée. Quelques instants plus tard, elle émergeait, ses cheveux blonds formant comme un casque d'or autour de sa tête.

*La couleur des roses*

De la paume de la main, elle aspergea le visage souriant de Sam.

— C'est malin !
— Rien de tel qu'un bain de minuit pour vous remettre les idées en place, jolie Jo.
— Ne m'appelle pas comme ça ! Tu dois être devenu fou.
— Seulement de toi.
— Qu'aurais-tu fait si je n'avais pas su nager ?
— Je t'aurais sauvée. J'étais né pour être un héros.
— Un mufle, corrigea-t-elle.

En deux brasses, elle rejoignit le bord. Sans lui laisser le temps de se hisser sur le marbre poli, Sam la prit par la taille.

— Quand tu ne seras plus fâchée, tu admettras que cela te plaît. Tu veux faire la course ?
— Ce que je veux, c'est...

Les mots lui restèrent dans la gorge. Sam venait de faire glisser la chemise trempée le long de ses épaules pour caresser ses seins.

— Moi aussi, murmura-t-il.
— Sam, je ne peux pas...
— Qu'à cela ne tienne, je peux.

Et il l'attira et se fondit en elle.

*La couleur des roses*

Johanna s'éveilla, poussa un léger gémissement et essaya de rouler sur le côté. Il lui fallut quelques secondes pour comprendre que le bras de Sam la retenait prisonnière. Immobilisée, elle tourna la tête vers lui pour le regarder.

Il dormait comme un bienheureux. La prendrait-il pour une folle si elle lui avouait qu'il était le premier homme dont elle avait partagé le lit pendant une nuit entière ? Quelle importance, d'ailleurs ? Comment lui dirait-elle qu'avant lui, elle n'avait jamais été assez confiante pour s'abandonner au sommeil auprès d'un inconnu ?

Elle ne se souvenait pas très bien comment il avait réussi à l'attirer dans son lit. Elle se revoyait nue et dégoulinante d'eau, et ensuite... Ils n'avaient pas fait l'amour dans cette chambre. Ils s'étaient simplement effondrés dans le lit, comme deux enfants épuisés.

Maintenant, le jour s'était levé et elle devait se rappeler qu'elle était une adulte. Ils s'étaient désirés, ils avaient joui l'un de l'autre. Point n'était besoin d'y ajouter des complications sentimentales. Elle ne regrettait rien mais il fallait être réaliste : cet emportement ne durerait pas, et quand viendrait la rupture, elle souffrirait.

*La couleur des roses*

Elle préférait prévenir que guérir... Pourtant, elle était amoureuse, si désespérément amoureuse...

Les lourdes paupières se soulevèrent, découvrant des prunelles d'un bleu intense. Seigneur ! Qu'il ne la voie pas le contempler avec dévotion !

— Bonjour.

C'était incroyable, pensa Sam. Même après cette nuit fabuleuse, elle avait conservé cet air de timidité qu'il trouvait si excitant. Parce qu'il ne voulait pas lui donner le temps de se créer une attitude, il roula sur elle.

— Sam...

— Je viens de me souvenir que nous n'avons pas encore fait l'amour dans un lit, dit-il. Il me vient une soudaine envie de respecter les traditions.

Elle n'eut pas le temps de se débattre ou de protester. Ce matin, il n'était plus aussi patient... à moins que ce ne fût elle. Nouant ses bras autour du cou de Sam, elle s'abandonna.


Le temps s'était arrêté. Tout s'était arrêté, rectifia Johanna en sortant de la douche. Prenant une serviette de toilette, elle s'essuya. Si elle sautait dans ses vêtements, laissait ses cheveux sécher tout

*La couleur des roses*

seuls et prenait quelques libertés avec les limites de vitesse, elle serait peut-être à l'heure.

Elle chercha dans son sac un tube de rouge et son poudrier. Son maquillage serait rudimentaire, mais elle ne pouvait guère faire mieux.

Dans la chambre à coucher, elle sortit un ensemble propre du plastique que Sam avait pris dans la voiture. Encore heureux que sa secrétaire lui ait rapporté trois tailleurs du pressing ! Malheureusement, elle devrait remettre son chemisier de la veille. Tout en se maudissant de ne pas en avoir davantage pris soin, elle remonta la fermeture Eclair de sa jupe et se dirigea vers l'entrée, ses chaussures à la main.

Elle s'appuyait au mur pour les enfiler quand une voix retentit dans son dos :

— Il y a le feu ?
— Je suis en retard.
— Tu crains d'être punie ?
— Je suis toujours à l'heure.
— Parfait, en ce cas, tu peux te permettre une exception. Tu vas boire une tasse de café.
— Merci, mais je dois vraiment me dépêcher.
— Tu n'as rien mangé.
— Je ne prends jamais de petit déjeuner.
Il lui prit le bras.
— Aujourd'hui, si. Encore cinq minutes, Johanna.

## *La couleur des roses*

Respire lentement, bois ton café. Si tu discutes, je compte jusqu'à dix et...

Tout en grommelant, elle se laissa pousser dans la cuisine et accepta le bol qu'il lui tendait.

— Sam, tu es en vacances, pas moi ! Ma journée entière est planifiée. J'aurai de la chance si je termine à 6 heures.

— Raison de plus pour que tu ne partes pas l'estomac vide.

Il ne s'était pas senti aussi bien depuis fort longtemps, si plein d'énergie, si en forme.

— Assieds-toi pendant que je prépare les œufs.

Johanna buvait docilement le breuvage brûlant.

— C'est vraiment très gentil de ta part, mais je n'ai pas le temps. Nous faisons nos premières affiches publicitaires pour le concours d'été, aujourd'hui, et je suis la seule qui puisse maîtriser John Jay.

Il lui tendit un muffin qui venait de jaillir du grille-pain.

— Mange au moins cela.

Agacée, elle mordit dans le muffin.

— Là, dit-elle, tu es satisfait ?

Il observa le fin visage renfrogné, les cheveux humides qui lui collaient aux joues, et les yeux cernés par la longue nuit qui le fixaient avec fureur.

— Je t'aime, Johanna.

*La couleur des roses*

Elle n'aurait pas paru plus choquée s'il lui avait envoyé un direct au menton, pensa-t-il.

— Ne dis pas cela, dit-elle au bout d'un moment. Je n'ai pas besoin d'entendre ces mots, je ne veux pas les entendre.

Donc, elle désirait ardemment qu'on les lui dise.

— Entendu, mais cela ne change rien au fait.

Elle fouilla fébrilement dans son sac et finit par y trouver ses clés.

— Je... je dois partir. Au... au revoir.

Sam entoura les épaules de la jeune femme d'un bras.

— Je t'accompagne jusqu'à ta voiture. Je dois te dire quelque chose, Johanna.

Elle se raidit plus encore.

— Je t'en prie, ce n'est pas nécessaire. Nous nous étions mis d'accord... avant cette nuit... pour ne nous faire aucune promesse.

— J'ai promis cela ? Eh bien, nous devons en discuter, justement.

— Très bien.

Elle aurait accepté n'importe quoi, pourvu qu'il la laisse partir. En même temps, elle ne souhaitait qu'une seule chose : jeter ses clés dans un buisson et se précipiter dans les bras de Sam.

*La couleur des roses*

— Mais auparavant, je veux que tu saches qu'aucune femme n'a jamais dormi dans ce lit.

Les beaux yeux bleus s'embuèrent de doute. Il prit la jeune femme par les pans de sa veste et l'attira contre lui.

— Bon sang ! Je suis las que tous mes propos soient disséqués dans ta petite tête. Je n'ai pas prétendu qu'il n'y avait jamais eu d'autre femme, j'ai seulement dit que je n'en avais amené aucune ici. Parce que cet endroit est important, pour moi... Comme toi. Tu peux partir, maintenant, et ruminer là-dessus.


Johanna sortit un calmant de son tube. Elle n'avait pas menti en disant à Sam qu'elle était la seule à pouvoir maîtriser John Jay.

Seulement, ce jour-là, elle n'y parvenait pas. La séance de photos s'étirait déjà depuis trois heures, et si elle n'avait pas libéré le studio d'ici à quarante-cinq minutes, elle aurait le producteur du tournage suivant sur le dos.

Résignée, elle donna le signal de la pause et attira John Jay dans un coin avant que le photographe ne l'étrangle.

— John Jay, peux-tu m'accorder une minute ?

*La couleur des roses*

Ces corvées sont vraiment éprouvantes, tu ne trouves pas ?

Le visage de John Jay s'éclaira.

— Tu n'as pas idée, Johanna... Tu sais combien je veux ce qu'il y a de mieux pour l'émission, mais cet individu n'a aucune notion de l'art.

Johanna réprima un soupir.

— Cet homme est considéré comme l'un des meilleurs de la profession, et nous le payons une fortune pour chaque minute écoulée. Si cela continue, nous devrons nous contenter de photographier les voitures...

Elle laissa à John Jay le temps d'intégrer la menace avant de poursuivre :

— Après tout, il y a trois vedettes, ici : les lots, c'est-à-dire les voitures, l'émission elle-même, et toi...

John Jay ajusta son col de cravate.

— Je n'en peux plus.

— Je le comprends parfaitement, pourtant je te demande de conserver toute ton énergie pendant quelques instants encore. Ce costume te va très bien, John Jay.

— N'est-ce pas ?

— Tout ce que je veux, c'est que tu te tiennes devant les voitures, avec ce sourire que les Américaines adorent.

*La couleur des roses*

John Jay pressa la main de la jeune femme, prêt à se sacrifier pour la bonne cause.

— Je le ferai pour toi, mon chou. Tu sais que tu as l'air un tantinet harassée ?

Le sourire de Johanna ne se démentit pas. Simplement, elle enfonça ses poings crispés au fond des poches de sa veste.

— Heureusement qu'on ne me prend pas en photo.

Il lui tapota paternellement l'épaule.

— Tu devrais te reposer, Johanna, et prendre ces calmants dont je t'ai parlé.

Voyant que le photographe revenait sur le plateau, le présentateur renifla pour signifier à sa maquilleuse qu'il l'attendait. La pauvre femme se précipita, sa houppette à la main.

— Johanna, reprit-il, il court certains ragots à ton propos. Il paraîtrait que tu vois souvent Sam Weaver...

— Vraiment ? C'est incroyable comme les gens disent n'importe quoi.

Satisfait de lui-même, John Jay retourna au labeur.

— Quelle ville potinière ! dit-il en soupirant.

Il fallut encore vingt minutes. Quand John Jay fut enfin parti, Johanna s'excusa auprès du photographe. Elle lui offrit, ainsi qu'à son assistant, de

*La couleur des roses*

déjeuner à ses frais, et leur proposa des billets pour le prochain enregistrement.

Lorsqu'elle eut parcouru la distance qui séparait le studio de son bureau de Century City, elle avait perdu deux heures sur son emploi du temps et avalé la moitié de son tube de calmants. Selon son habitude, Bethany l'accueillit d'un sourire.

Johanna s'effondra dans un fauteuil.

— J'ai trouvé vingt-sept façons d'assassiner John Jay.

— Tu veux que je t'en tape la liste ?

— Pas encore. J'attends d'avoir atteint le chiffre trente.

Les yeux mi-clos, Johanna dégustait une tasse de café. Bethany lui jeta un regard inquiet.

— Tu as une mine terrible, Johanna.

— John Jay a eu la bonté de m'en informer.

— Tout va bien ?

— Très bien.

Excepté que Sam lui avait dit qu'il l'aimait, et qu'elle était si terrifiée qu'elle aurait voulu sauter dans sa voiture pour s'enfuir à l'autre bout de la terre. Elle sortit son tube de calmants.

Beth fronça les sourcils.

— C'est ton tube neuf de ce matin ?

*La couleur des roses*

— Il l'était avant que je passe une demi-journée avec John Jay.
— Tu as déjeuné ?
— Ne me le demande pas.
— Johanna, pourquoi ne pas rentrer chez toi pour prendre un bon bain et passer ton après-midi à regarder des feuilletons ?

Avec un petit sourire, Johanna prit place derrière son bureau.

— Je dois vérifier les prochaines questions et répondre au courrier.

Beth haussa les épaules.

— C'est toi la patronne.

Absolument vrai, pensa Johanna comme la porte se refermait sur son assistante. Elle était la patronne. Elle frotta ses tempes douloureuses... Avec un peu de chance, la migraine ne se mettrait pas de la partie.

Il ignorait pourquoi il était là, assis sur les marches de son perron comme un adolescent malade d'amour... Tout simplement parce qu'il était malade d'amour, s'avoua Sam au bout de quelques secondes de réflexion.

Cela ne lui était pas arrivé depuis qu'il était

*La couleur des roses*

tombé amoureux d'Alice Reeder. A cette époque, les seize ans sophistiqués de sa dulcinée avaient dédaigné ses quatorze printemps. Cela ne l'avait pas empêché de lui vouer une adoration éperdue pendant neuf longs mois.

Depuis, il était parfois tombé amoureux, mais il n'avait plus jamais aimé personne comme il avait aimé Alice Reeder. Jusqu'à Johanna...

Sam émit un petit rire. Alice lui avait glissé entre les doigts, mais il ne laisserait pas Johanna lui échapper.

Qu'est-ce qui avait bien pu la rendre aussi ombrageuse ? Un autre homme ? Elle n'avait jamais fait la moindre allusion à une liaison malheureuse. Et, à moins qu'il ne soit complètement obtus, la femme avec qui il avait fait l'amour la nuit précédente était d'une innocence presque effrayante.

La Mercedes de Johanna s'engagea dans l'allée. L'estomac noué, Sam se leva lentement.

Johanna se gara derrière la voiture de Sam. Elle avait eu l'intention de se jeter dans son lit pour y trouver un sommeil réparateur. Mais il était là, envahissant son intimité. Le pire était qu'elle était heureuse de le voir.

— La journée a été longue, dit-il sans bouger.
— J'ai eu à régler une foule de problèmes.

*La couleur des roses*

Il attendit qu'elle soit devant lui pour lui caresser la joue.

— Tu as l'air fatiguée.

— C'est ce qu'on m'a répété toute la journée avec une régularité ennuyeuse.

— Tu m'invites à entrer ?

— Bien sûr.

Il ne l'avait pas embrassée. Cette fois-ci, pourtant, elle s'y était préparée. Sans doute était-ce pour cette raison qu'il n'en avait rien fait.

Suivie de Sam, Johanna pénétra dans la maison. Elle remarqua alors le gros panier qu'il avait à la main.

— Tu as apporté des sandwichs au cas où je serais en retard ?

— Pas exactement.

Johanna posa son porte-documents et ôta ses chaussures.

— Tu veux boire quelque chose ?

— Pourquoi ne pas t'asseoir pendant que je nous servirai ? Je suis en vacances, tu te souviens ?

— D'habitude je bois un café, mais...

— Très bien. J'y vais.

— Mais...

— Détends-toi, Johanna. J'en ai pour une minute.

Résignée, la jeune femme s'effondra sur le

*La couleur des roses*

canapé et bâilla. Quelques secondes plus tard, elle s'endormait.

Elle s'éveilla de la même façon, instantanément. Assis dans un fauteuil, Sam buvait son café. Elle nota qu'il avait pris soin de la recouvrir d'un châle.

Elle s'éclaircit la gorge.

— Je suis désolée... J'ai dormi longtemps ?
— Une demi-heure, environ. Tu te sens mieux ?
— Gênée, surtout.

Il lui sourit avant de prendre la Thermos.

— Tu en veux ?
— Oui, merci.
— Tu n'as pas dû dormir beaucoup, la nuit dernière.

Elle s'absorba dans la contemplation de sa tasse.

— Non... Toi non plus.
— Je n'ai pas bougé de mon lit, aujourd'hui.

Comme il s'asseyait auprès d'elle, elle se leva d'un bond.

— J'ai une faim de loup ! Il n'y a pas grand-chose à manger, mais je dois trouver de quoi faire deux sandwichs.
— Je vais t'aider.
— C'est inutile.

Elle retira nerveusement sa veste qui tomba par

*La couleur des roses*

terre. Les sourcils froncés, Sam remarqua le tube de calmants qui avait roulé hors de la poche.

— Pourquoi prends-tu ces drogues ?
— Pour survivre.

Ramassant le tube, elle le jeta sur la table.

— Tu vis sous une pression trop forte. Combien en consommes-tu par jour ?
— Je t'en prie, Sam ! Ils contiennent davantage de sucre que de remède.

Sam se leva et prit le visage de la jeune femme entre ses deux mains.

— J'ai le droit de me faire du souci à ton sujet, parce que je t'aime, Johanna, que tu le veuilles ou non.
— Tu vas trop vite.
— Tu n'as encore rien vu...

Il l'embrassa avec une sorte de colère. L'espace d'une seconde, elle songea à se débattre, mais c'était impossible. Autant vouloir s'opposer à un raz de marée... Bientôt, elle se laissait emporter.

Un siècle plus tard, lui sembla-t-il, Sam ouvrit les yeux. La nuit précédente, Johanna l'avait enchanté par sa timidité. Une nouvelle créature venait de s'offrir à lui, hardie, passionnée. Celle-là pouvait faire de lui son esclave. Il ne se souvenait plus très

*La couleur des roses*

bien de ce qu'il avait fait, seulement qu'il avait été pris dans un tourbillon de sensations, jusqu'au délire.

— Je t'ai fait mal ? murmura-t-il.

— Non, et moi ?

Il déposa un baiser sur sa gorge.

— Je n'ai rien senti.

Roulant sur le côté, il remarqua quelques dentelles éparses.

— Je te dois de la lingerie.

Johanna posa un regard distrait sur les restes de son soutien-gorge. Elle se mit soudain à rire, libérée à cet instant de tous les liens qui la retenaient prisonnière.

— Je n'avais jamais attaqué un homme, auparavant !

— Tu peux t'exercer sur moi chaque fois que tu le désires.

Johanna se rembrunit.

— Je... je ne peux pas t'en parler maintenant, Sam. Mais je te jure que j'ai mes raisons pour vouloir que les choses ne deviennent pas sérieuses entre nous.

— Elles le sont déjà.

C'était la stricte vérité. Elle le savait avant même d'avoir plongé dans les profondeurs marines de ses yeux.

*La couleur des roses*

— Jusqu'à quel point ?
— Je pense que tu le sais.
Elle ne jouait pas franc-jeu, pensa-t-elle, mais c'était si difficile ! Elle ne pouvait pas tout lui révéler sur elle-même, parce qu'il ne comprendrait pas.
— J'ai besoin de temps.
— Je dispose justement de deux heures.
— Je t'en prie, Sam...
En soupirant, il enfila son jean et sa chemise.
— Très bien... J'allais oublier que je t'avais apporté un cadeau.
Elle le vit disparaître dans la cuisine et revenir avec le panier qu'il déposa sur ses genoux. Comprenant qu'il ne désirait pas la pousser dans ses derniers retranchements, elle leva vers lui un regard empreint de gratitude.
— Qu'est-ce que c'est ? Un pique-nique ?
Elle souleva la serviette, mais au lieu de poulet froid, elle vit un minuscule chaton endormi.
— Oh, Sam ! Il est adorable !
— Blanche a eu des petits le mois dernier... Blanche est une charmante siamoise qui fréquente les chats de gouttière. Si l'hérédité ne ment pas, celui-ci devrait être affectueux et fidèle. Je t'ai mis de la nourriture pour chats au fond du panier. Tu en as pour une semaine.

*La couleur des roses*

Le chaton bâilla, révélant de petites dents acérées et une langue rose. Agenouillé près du panier, Sam lui grattait la tête.
— Merci.
Pour la première fois, Johanna se jeta dans les bras de Sam et se serra contre lui.

# Chapitre 9

Il n'aurait pas dû être aussi nerveux. C'était une production de qualité, avec un excellent script, une distribution exemplaire et un directeur de talent. Il savait, en outre, qu'il avait fait du bon travail, pourtant il aurait payé cher pour qu'il soit 9 heures, plus encore pour qu'il soit 11 heures et que son épreuve soit terminée.

Johanna quant à elle s'était absorbée dans le scénario que Max Heddison lui avait fait parvenir. Il ne restait à Sam pour se soutenir que sa bouteille de brandy. Même la petite chatte, baptisée Lucy par Johanna, était trop occupée à jouer pour lui prêter attention.

De l'autre côté de la pièce, Johanna suggéra :

— Tu devrais faire quelques pas dehors pour te changer les idées.

*La couleur des roses*

— Johanna, pourquoi ne pas nous promener ensemble ?

— Je dois terminer ma lecture, Sam. Le personnage de Michael est un rôle merveilleux pour toi.

Il le savait déjà. Pour l'instant, il ne pensait qu'à Luke, celui qui allait évoluer devant des millions d'yeux d'ici à une trentaine de minutes. Quant à Michael, il s'en préoccuperait plus tard.

— Ecoute, Johanna, ce n'est pas bon pour les yeux de les coller ainsi au papier.

Elle recula machinalement. Moins de dix secondes plus tard, son nez frôlait de nouveau le scénario.

— Il est fantastique, vraiment fantastique ! Tu vas l'accepter, j'espère ?

— Pour travailler avec Max Heddison, j'accepterais même de balayer les studios.

— Seigneur ! Cette scène du réveillon de Noël vous prend à la gorge !

Sam cessa de marcher de long en large pour observer Johanna. Elle lisait avec une sorte d'avidité, les yeux à un centimètre du feuillet.

— Tu vas devoir porter des lunettes... A moins que tu ne les aies déjà ?

— Tais-toi, Sam, tu m'empêches de me concentrer.

Il lui prit le script et le tint à une distance raisonnable de son visage.

*La couleur des roses*

— Lis-moi ce dialogue, veux-tu ?
— Tu le connais déjà.
— Tu ne peux pas, c'est ça ? Où sont tes lunettes, Johanna ?
— Je n'en ai pas besoin.
— Alors, lis-moi ce dialogue.
Elle se détourna.
— Mes yeux sont juste un peu fatigués.
Il déposa le script entre les mains de la jeune femme.
— Dois-je comprendre que ma douce Johanna est trop coquette pour porter des lunettes ?
— Je ne suis pas coquette, mais je n'en ressens pas le besoin.
Joignant le pouce et l'index, il forma deux cercles qu'il plaça devant les yeux de Johanna.
— Tu serais ravissante, ainsi. Délicieusement sexy, oserais-je dire. Il te faudrait des montures noires, elles te donneraient un petit air sérieux. J'adorerais te les voir porter quand je t'attirerais dans le lit.
— Je ne les mets jamais.
— Donc, tu en as. Où ?
Elle tendit la main en direction du script, mais il l'arrêta.

*La couleur des roses*

— Tu essaies juste de te distraire, lui reprocha-t-elle.
— C'est vrai, Johanna. Je n'en peux plus.
Elle s'adoucit, assez pour lui caresser le visage.
— Les critiques ne pouvaient pas être meilleures, Sam. L'Amérique tout entière attend que 9 heures sonnent.
— Et l'Amérique peut s'endormir à 9 h 15.
— Ça m'étonnerait. Assieds-toi, nous allons regarder quelque chose d'autre jusqu'à ce que le film commence.
Il s'assit dans le fauteuil de la jeune femme et la poussa jusqu'à ce qu'elle s'installe sur ses genoux.
— Je préférerais te mordiller l'oreille en attendant.
— Et nous manquerons la première scène.
Elle poussa un soupir satisfait avant de poser sa tête sur l'épaule de Sam. C'était un drôle de week-end, pensa-t-elle. Il l'avait passé avec elle. Après un temps d'adaptation, ils avaient adopté une simple routine qui n'était pas une routine du tout. Amour, sommeil, promenades, et même une expédition au marché pour acheter des légumes frais.
Pendant quarante-huit heures, elle avait oublié qu'elle était productrice et Sam acteur. Il était son amant... mieux encore, son compagnon. Si seulement la vie pouvait être aussi simple !

*La couleur des roses*

Le visage enfoui dans les cheveux de Johanna, Sam rêvait. Elle avait changé sa vie. Il n'aurait pas pu l'expliquer, ni dire comment cela s'était passé, mais il le savait depuis qu'il avait le script.

Max Heddison avait tenu sa promesse et envoyé son scénario. Sam s'était senti l'âme d'un étudiant en art dramatique à qui on aurait offert le premier rôle dans une superproduction.

Le personnage de Michael était complexe. Il cherchait désespérément à percer le mystère que lui offrait un père à la fois chéri et détesté. Il voyait déjà Max Heddison dans le rôle du père...

Sam avait lu et relu les feuillets, et il avait su qu'il voulait incarner Michael. Si Marv en tirait un million de dollars, tant mieux. Quant à lui, cela n'aurait rien changé s'il n'y avait eu que quelques cents à gagner. Mais plutôt que de décrocher le téléphone pour donner le feu vert à Marv, il avait porté le script à Johanna.

Il avait besoin qu'elle le lise, besoin de son opinion. Jusqu'alors, il s'était toujours décidé seul. Maintenant, quelque chose avait changé. En l'espace de plusieurs semaines, elle s'était introduite dans sa vie, ses pensées, ses objectifs. Il avait quelqu'un avec qui partager les grands événements de l'existence, comme le script, et les petits, comme la naissance

*La couleur des roses*

d'une portée de chatons. Au début, elle était restée sur ses gardes, puis il l'avait sentie se détendre. Ce matin, elle paraissait presque habituée à s'éveiller auprès de lui.

La voix de Johanna le ramena au présent.

— Voici le générique.

Il jura pour lui-même, puis il se raidit comme il le faisait chaque fois qu'il allait se voir lui-même sur l'écran. Luke parut, vêtu d'un jean délavé, un panama cabossé sur la tête.

— Quel torse splendide, dit Johanna.

Elle sourit et déposa un baiser sur la joue de Sam.

— Ils passaient la moitié de leur temps à me vaporiser de l'eau dessus pour imiter la transpiration. Dis-moi, les femmes se pâment-elles vraiment devant une poitrine luisante ?

— Tu devrais le savoir.

Elle s'assit par terre pour ne plus se laisser détourner de l'intrigue. Au bout de cinq minutes, elle était totalement captivée.

Luke entrait dans la ville avec deux dollars en poche, une mauvaise réputation et un œil de velours pour les femmes. Elle savait que c'était Sam qui mettait en œuvre tout son art pour incarner un personnage imaginaire, mais cela sonnait juste.

*La couleur des roses*

Elle pouvait presque palper la sueur et l'ennui qui pesait sur cette petite bourgade de Georgie.

Pendant deux heures, Sam et Johanna n'échangèrent pas un mot. Elle se leva une fois et revint avec des boissons froides. Sur l'écran, elle voyait l'homme qu'elle aimait séduire une autre femme. Elle le voyait se battre, boire, saigner, mentir...

Puis elle cessa de voir Sam en lui. Cet homme était Luke. Elle sentait la main de Sam presser doucement son épaule, et Luke évoluait sur l'écran.

Il était irrésistible, inoubliable.

Quand la première partie se termina, Sam ne dit rien. Son instinct lui jurait que c'était du bon travail, le meilleur qu'il eût jamais fait. Mais il voulait l'entendre de la bouche de Johanna.

Les sourcils froncés, elle fixait encore l'écran.

— Comment peut-il lui faire ça ? demanda-t-elle. L'utiliser de cette façon ?

Sam attendit un moment.

— C'est un jouisseur, il ne sait pas être autre chose.

— Mais elle lui fait confiance ! Elle sait qu'il a menti et fraudé, pourtant elle le croit. Et lui...

— Oui ?

— C'est un vaurien... Mais, il y a quelque chose

d'attirant en lui. On a envie de croire qu'il peut changer, qu'elle peut le changer.

Johanna leva les yeux vers Sam.

— Pourquoi souris-tu ainsi ?

Il la hissa jusqu'à lui pour l'embrasser.

— Ça a marché, Johanna !

— Je ne t'ai même pas dit combien je te trouvais bon.

— C'est tout comme !

— Attends ! J'ai prétendu ne pas avoir prêté attention à tes films, mais ce n'était pas vrai. Et je peux te jurer que tu n'as jamais été meilleur que ce soir.

— Merci. Venant de toi, ce n'est pas rien.

— Je... Pendant toutes ces semaines, j'avais presque oublié qui tu étais.

Intrigué, il la serra doucement contre lui.

— Tu ne vas pas me dire que les acteurs t'intimident ? Tu as passé toute ta vie dans ce milieu.

— Justement... Ce n'est pas facile d'oublier que l'homme dont je suis amoureuse n'est pas un individu ordinaire.

— Amoureuse... Nous progressons, on dirait ? J'ignore où tu veux en venir mais, pour l'instant, je veux que tu me regardes dans les yeux, et que tu me dises si tu m'aimes.

*La couleur des roses*

— Je n'ai jamais dit...
— Personne ne sait mieux que moi que tu ne l'as jamais dit ! Je veux l'entendre maintenant, et cela n'a rien à voir avec ce que les critiques ont dit ou ce que je vaux au box-office. Est-ce que tu m'aimes ?
Elle n'eut pas la force de détourner les yeux. Comment lui mentir quand il la fixait avec une telle intensité ? Elle prit une profonde inspiration.
— Oui.
— Oui, quoi ?
— Oui, je t'aime.
Il la regarda pendant un long moment. Elle tremblait légèrement, si bien qu'il se pencha pour presser ses lèvres sur son front. Pourquoi diable était-ce si difficile pour elle de le dire ? Il était bien décidé à le découvrir d'ici peu.
— Mais cela ne change rien, reprit-elle à mi-voix.
— Nous allons en discuter...
Johanna hocha la tête docilement. Juste à cet instant, elle entendit la voix du présentateur des actualités télévisées.
— On nous apprend que Carl Patterson, le célèbre producteur de télévision, vient d'être victime d'un malaise cardiaque. Il a été transféré à l'hôpital où son état est jugé critique par les médecins.
— Johanna...

*La couleur des roses*

Sam posa une main sur le bras de la jeune femme. Elle n'avait ni crié ni pleuré. Simplement, elle s'était immobilisée, comme pétrifiée.
— Prends ton sac, je t'amène à l'hôpital.
— Quoi ?
— Je t'y amène en voiture. Viens !
Elle se laissa entraîner comme une somnambule.

Personne n'avait pris la peine de la prévenir, c'était ce qui frappait le plus Sam. Son père avait eu une crise cardiaque et on ne l'avait pas appelée.
L'année précédente, quand sa mère s'était cassé la cheville en glissant sur la glace, il avait reçu trois appels en l'espace d'une heure. L'un de son père, l'autre de sa sœur, le troisième de sa mère, lui disant de ne pas s'inquiéter.
Johanna était la seule enfant de Carl Patterson, pourtant elle avait appris la nouvelle par les actualités de 11 heures...
Pendant tout le trajet, elle ne prononça pas un seul mot, semblant à peine entendre les paroles de réconfort qu'il lui prodiguait. Elle était pâle, un peu choquée, pourtant elle paraissait avoir repris son habituelle maîtrise d'elle-même. Il la regarda marcher d'un pas ferme en direction des admissions.

*La couleur des roses*

— Carl Patterson a été admis à l'hôpital ce soir, dit-elle d'une voix qui ne tremblait pas.

L'infirmière lui accorda à peine un coup d'œil.

— Je suis désolée, mais nous n'avons pas le droit de donner des informations sur nos malades.

— C'est mon père, dit simplement Johanna.

La femme l'observa plus attentivement. Elle avait découragé un certain nombre de journalistes, mais cette jeune personne ne leur ressemblait pas. Johanna sortit sa carte d'identité de son sac.

— J'aimerais le voir, si c'est possible, et parler avec son médecin.

L'infirmière ressentit quelque chose qui ressemblait à de la sympathie. Ses yeux se posèrent sur Sam. Elle le reconnut et pensa qu'elle aurait quelque chose à raconter à son mari pendant le petit déjeuner. Non qu'elle fût impressionnée, d'ailleurs. Au cours de ces vingt-cinq années passées à l'hôpital de Beverly Hills, elle avait vu un certain nombre de vedettes, souvent souffrantes et misérables. Mais elle se souvenait avoir lu que Sam Weaver avait un flirt avec la fille de Carl Patterson.

— Je serai heureuse de prévenir le médecin de votre arrivée, mademoiselle Patterson. Il y a une salle d'attente au fond à gauche. Mlle Dumonde s'y trouve déjà.

*La couleur des roses*

Johanna se tourna vers Sam. Quand elle avait appris la nouvelle, la panique l'avait submergée. Ensuite, elle s'était astreinte à mettre un pied devant l'autre, sachant qu'elle devait faire ce qu'il y avait à faire, et... seule.

— Sam, je ne sais pas combien de temps je resterai ici. Pourquoi ne pas rentrer chez toi ? Je prendrai un taxi.

— Ne sois pas ridicule.

Elle aurait voulu se précipiter contre sa poitrine, se laisser guider comme un petit enfant. Au lieu de cela, elle se dirigea vers la salle d'attente.

— Sam !

Les yeux humides, Toni se leva d'un bond pour se jeter dans les bras de Sam.

— Sam, je suis si contente que tu sois là ! J'avais si peur ! Oh, Sam, c'est un véritable cauchemar ! Je ne sais pas ce que je ferai si Carl meurt.

Sam la fit asseoir sur une chaise, puis il lui alluma une cigarette prise dans un paquet posé sur la table.

— Calme-toi. Que dit le médecin ?

— Je ne sais pas. Il a utilisé des termes incompréhensibles. J'ignore ce que je serais devenue si Jack n'avait pas été là. Bonjour, Johanna.

Jack Vandear tapota le bras de Toni. Il avait

*La couleur des roses*

dirigé deux des productions de Carl et rencontré Sam environ une demi-douzaine de fois.

— Bonjour, Sam. La nuit a été rude.

— C'est ce que nous avons appris. Voici la fille de Patterson.

Jack serra la main de Johanna.

— Dites-moi ce qui s'est passé.

Toni leva vers elle des yeux embués par les larmes.

— C'était horrible ! Positivement horrible !

Jack lui lança un regard mi-agacé mi-compatissant.

— Nous étions en train de dîner, expliqua-t-il. Carl avait l'air fatigué, mais j'ai pensé qu'il avait trop travaillé, comme d'habitude. Tout d'un coup, il s'est plaint d'étouffer. Il souffrait de la poitrine et d'un bras. Nous avons appelé le médecin, qui a diagnostiqué un infarctus du myocarde et aussitôt décidé de l'hospitaliser.

— Quelles sont ses chances d'en réchapper ?

— Ils ne nous ont rien dit.

Toni renifla. A sa manière, elle était amoureuse de Carl. Elle voulait l'épouser bien qu'elle sût que le divorce était au bout du chemin. Mais la séparation était une chose, la mort en était une autre.

— La presse est arrivée cinq minutes après nous. Je savais combien Carl détesterait voir cet... accident paraître dans les journaux.

## *La couleur des roses*

Pour la première fois, Johanna observa attentivement la « fiancée » de son père. Quoi qu'on pût penser d'elle, Toni connaissait Carl. Cette crise cardiaque était une faiblesse dont il supporterait mal que le public fût informé.

— Je me charge des journalistes, dit-elle. Tâchez de leur en dire le moins possible. Est-ce que vous l'avez vu ?

Toni alluma une seconde cigarette.

— Pas depuis qu'ils l'ont emmené. Je déteste les hôpitaux ! Nous devions aller à Monaco, la semaine prochaine. Il semblait si... bien, si viril.

Elle sanglotait quand le médecin pénétra dans la salle d'attente.

— Mademoiselle Dumonde.

Toni se leva d'un bond. Les mains serrées contre le cœur, elle incarnait à merveille l'amante désespérée à deux doigts de l'hystérie.

— Il va bien ? Dites-moi qu'il va bien !

— Son état est stabilisé. Nous le soumettons à des tests qui détermineront la gravité de son état. C'est un homme solide, mademoiselle Dumonde, et surtout en bonne santé.

Il paraissait fatigué, songea Johanna. Comme il jetait un coup d'œil dans sa direction, elle se leva.

*La couleur des roses*

— Je suis Johanna Patterson. Je désirerais voir mon père.
— Quelques minutes seulement, en ce cas. Vous voulez venir, mademoiselle Dumonde ?
— Il ne voudrait pas que je le voie dans cet état.
Johanna éprouva une légère rancune en se disant qu'elle avait raison. Elle suivit le médecin dans le couloir.
— Nous l'avons mis sous sédatif, expliquait-il, et il est constamment surveillé. Les prochaines vingt-quatre heures seront décisives, mais votre père est relativement jeune, mademoiselle Patterson. Ce genre d'accident constitue en général un avertissement.
Il fallait qu'elle le dise au moins une fois à haute voix, même si elle n'en tirait aucun soulagement :
— Est-ce qu'il va mourir ?
— Non, si nous pouvons l'éviter.
Le médecin poussa une porte... Son père était là. Elle avait vécu dans sa maison, obéi à ses lois, et elle le connaissait à peine. Les appareils qui l'aidaient à respirer et surveillaient son rythme cardiaque bourdonnaient. Ses yeux étaient clos, son visage terreux sous le hâle. Il avait l'air vieux. Johanna s'aperçut à cet instant qu'elle n'avait jamais pensé à son âge, même quand elle était enfant. Il lui avait toujours paru beau, fort, invulnérable.

*La couleur des roses*

Elle posa timidement sa main sur celle de son père, un geste qu'elle n'aurait jamais osé s'il avait été conscient.

— Il guérira, dit le médecin, à condition qu'il renonce aux cigares et à l'alcool et qu'il allège son emploi du temps. Sans compter le régime, bien sûr.

— Je ne peux imaginer qu'il se plie à une telle discipline.

— C'est une question de choix, évidemment, mais il n'est pas stupide.

— Quand s'éveillera-t-il ?

— Vous pourrez lui parler dans la matinée.

— Je vous serais très reconnaissante de m'appeler s'il y avait le moindre changement. Je vais laisser mon numéro à l'accueil.

— Je pourrai vous en dire davantage demain matin. En attendant, reposez-vous.

Une fois seule, Johanna retourna dans la salle d'attente. Aussitôt, Toni s'accrocha à elle.

— Comment va-t-il ? Dites-moi la vérité !

— Il se repose. Le médecin est très optimiste.

— Dieu soit loué !

— Vous pourrez le voir demain.

Toni fouillait dans son sac à la recherche de son poudrier.

— Je dois être horrible ! Il faudra que je m'arrange.

*La couleur des roses*

Je ne voudrais pas qu'il me voie les yeux rouges et les cheveux en bataille.

De nouveau, parce que c'était vrai, Johanna retint un sarcasme.

— Je me charge de la presse, dit-elle. Rentrez chez vous, ils nous préviendraient si quelque chose se produisait d'ici à demain.

Lorsque Jack et Toni furent partis, Sam sortit du silence où il s'était cantonné depuis leur arrivée.

— Tu te sens bien ?
— Oui, ne t'inquiète pas.

Préférant juger par lui-même, il prit le menton de la jeune femme dans sa main. Il discernait dans ses yeux autre chose que le choc, mais pas non plus de la rancune. Plutôt un secret, décida-t-il, ou de la crainte.

— Parle-moi, Johanna.
— Je t'ai déjà tout dit.
— Sur l'état de ton père, oui. Pas sur le tien.
— Je suis un peu fatiguée. Je voudrais rentrer chez moi.
— Entendu, nous rentrons. Mais je reste avec toi.
— Sam, ce n'est pas la peine.
— Bien sûr que si. Rentrons.

# Chapitre 10

Il était plus d'1 heure du matin lorsqu'ils arrivèrent chez Johanna. Elle alla droit au téléphone et se mit à feuilleter son carnet d'adresses.

— Je dois prévenir les collaborateurs de mon père et prendre toutes les dispositions nécessaires. Je ne devrais pas en avoir pour longtemps.

— J'attendrai, dit-il simplement.

Certaines choses devaient être dites avant qu'elle ait de nouveau érigé ses défenses. Bien qu'elle parût solide, peut-être même trop solide, il commençait à la comprendre. Pourtant, il la laissa seule pendant qu'elle téléphonait.

Johanna savait que son père ne tolérerait aucune ingérence dans ses affaires, cependant il voudrait certainement que son personnel soit au courant de la situation.

Elle commença par contacter son chef de la

*La couleur des roses*

publicité avec qui elle mit au point le communiqué destiné à la presse. Puis elle calma l'assistant de son père et s'assura que les Productions Patterson continueraient de tourner.

— Je pourrai vous en dire davantage demain, Whitfield. Non, tout ce qui ne pourra être mené à bien par vous ou par un autre membre de l'équipe devra être annulé. C'est votre problème, non ?

Sam sourit du ton incisif qu'elle avait adopté.

— Où est Loman ? Très bien, rappelez-le. Je suis sûre que mon père vous donnera lui-même ses instructions d'ici à un jour ou deux. Parlez-en au médecin demain, mais je doute que Carl soit en mesure de discuter pendant les prochaines quarante-huit heures.

La voix de la jeune femme devint glaciale.

— Ce n'est vraiment pas la solution, Whitfield. Vous devez considérer que Carl est indisponible jusqu'à nouvel ordre. Non, je n'en prends pas la responsabilité ! Vous êtes payé pour cela, il me semble.

Elle raccrocha, l'air exaspérée, et prit la tasse de thé que Sam lui tendait.

— L'imbécile ! Son seul souci est que Carl voulait superviser le tournage de *Champs de feu*, et que cette crise cardiaque risque de mettre ce projet à l'eau.

*La couleur des roses*

— Tu as terminé ?
— Je ne vois pas ce que je pourrais faire de plus.
— Viens ici et assieds-toi.

Il attendit qu'elle le rejoigne sur le canapé pour remplir une seconde fois sa tasse. Sentant combien elle était tendue, il se mit à lui masser les épaules.

— Tu t'en es bien tirée, Johanna.

Les yeux dans le vague, elle avala une gorgée de liquide brûlant.

— J'ai été à bonne école.
— Parle-moi de ton père.
— Je t'ai répété les propos du médecin.
— Je ne fais pas allusion à cela. Parle-moi de lui, de toi et de lui.
— Il n'y a pas grand-chose à dire. Nous n'avons jamais été particulièrement proches.
— A cause de ta mère ?

Il la sentit se raidir sous ses doigts.

— Ma mère ! Pourquoi ma mère ?
— Je ne sais pas. Dis-le-moi... Johanna, sans se repaître de potins, tout le monde sait que tes parents se sont séparés quand tu avais, quoi... quatre ans ?

Malgré elle, la souffrance de l'enfant blessait encore la femme.

— Tout juste cinq. Mais c'est du passé, Sam.

*La couleur des roses*

Il ne le pensait pas. Son instinct lui disait que le présent en était affecté.

— Elle est retournée en Angleterre, poursuivit-il, et c'est ton père qui a eu ta garde.

— Il n'a pas vraiment eu le choix... Ma mère avait décidé de reprendre sa carrière là où elle l'avait laissée avant son mariage. Elle n'avait pas de place pour moi.

— Elle a dû te manquer.

— Je me suis débrouillée.

Il n'en était pas tout à fait sûr.

— Je suppose qu'un divorce n'est jamais facile à accepter pour une enfant, mais ce doit être pire quand l'un des deux parents s'en va à plusieurs milliers de kilomètres.

— C'était mieux pour tout le monde. Ils n'arrêtaient pas de se disputer, et aucun des deux...

Elle se tut avant d'avoir dit ce qu'elle avait en tête : « Aucun des deux ne me voulait... »

— Ne supportait la situation, termina-t-elle.

Sam imaginait la petite fille de cinq ans, confrontée à la désunion de ses parents.

— Tu étais bien jeune..., murmura-t-il.

— Nul besoin d'être vieille pour voir où souffle le vent. D'ailleurs, ma mère m'a tout expliqué. Elle m'a envoyé un télégramme de l'aéroport.

## *La couleur des roses*

« Un télégramme, c'est pareil qu'une lettre », lui avait dit la petite servante. Si elle n'avait pas été nouvelle dans la maison, le télégramme aurait été remis à Carl. Mais elle était jeune et curieuse, elle avait même aidé Johanna à déchiffrer les mots :

« Ma petite chérie, je suis au désespoir de te quitter ainsi, malheureusement, je n'ai pas le choix. Crois-moi, j'ai tout essayé, pourtant, j'ai fini par admettre que le divorce était la seule solution. Je m'en veux de te laisser aux mains de ton père, mais pour l'instant il m'est impossible de te garder avec moi. Je t'aime. Maman. »

Elle se rappelait le texte mot pour mot, bien qu'à cette époque elle eût seulement compris que sa maman s'en allait parce qu'elle n'était pas heureuse.

Sam la regardait fixement, abasourdi qu'elle reste impassible.

— Elle t'a envoyé un télégramme ?

— Oui. Je n'ai compris que le principal : elle était désespérée au point de s'enfuir.

La garce ! Le mot resta dans la gorge de Sam. Il ne pouvait concevoir qu'une mère soit assez égoïste pour adresser ses adieux définitifs à son enfant au moyen d'un télégramme.

— Ça n'a pas dû être facile pour toi.

## *La couleur des roses*

Comme il entourait Johanna de son bras, elle se leva. S'il la consolait, elle allait craquer. En vingt ans, elle ne s'était pas effondrée une seule fois à l'évocation de ce souvenir.

— Elle a fait ce qu'elle avait à faire. Pourtant, je ne pense pas qu'elle ait trouvé le bonheur. Elle est morte dix ans plus tard.

Sam réprima un juron. Il s'en voulait de ne pas s'être souvenu plus tôt du suicide de Glenna Howard. La malheureuse mère de Johanna n'avait jamais réussi la spectaculaire réapparition sur les écrans qu'elle escomptait. Elle avait abusé des drogues et de l'alcool, avant de succomber d'une overdose des deux.

— Je suis désolé, Johanna. La perdre deux fois... Ça a dû être l'enfer, pour toi.

— Je ne l'avais pas assez connue... Et de toute façon, tout cela s'est passé il y a bien longtemps.

Elle se servit une tasse de thé comme pour occuper ses mains tremblantes. Il vint vers elle et l'attira contre lui malgré sa résistance.

— Je ne crois pas que ce genre de souffrances s'apaisent jamais. Ne t'écarte pas de moi, Johanna.

— Il est inutile de remuer tous ces souvenirs.

La prenant par les épaules, il la secoua légèrement.

— Je ne crois pas. Depuis que je te connais, je

me suis demandé pourquoi tu restais sur le qui-vive. J'ai d'abord cru à une expérience malheureuse avec un autre homme, puis j'ai compris que le mal était plus profond.

Johanna leva vers lui des yeux désespérés. Elle en avait trop dit, plus qu'elle n'en avait jamais révélé à personne. A force de parler, ses souvenirs se précisaient.

— Je ne suis pas ma mère.

— Non. Et tu n'es pas ton père non plus.

— Je ne sais même pas s'il est mon père.

A peine eut-elle prononcé ces mots qu'elle devint pâle comme un linge. Ce doute était resté en elle, mais réduit au silence, enfermé en elle comme dans une forteresse. Terrorisée, elle fixait sur Sam des prunelles d'un bleu lumineux et vide.

— Johanna, de quoi parles-tu ?

La voix calme de Sam sembla la tirer d'un état second.

— Ce n'est rien, je suis fatiguée. La journée de demain sera difficile, Sam, il faut que je dorme.

— Non. Parle-moi de ton père, Johanna, parle-moi de Carl.

— Je t'en supplie, laisse-moi tranquille ! Tu ne vois pas que je suis à bout ? Je ne veux pas parler de ma mère. Je ne veux pas parler de lui. Il peut

*La couleur des roses*

mourir ! Il peut mourir et peut-être aurai-je du chagrin, mais je ne sais pas qui il est. Je ne sais pas qui je suis.

Elle tenta de s'arracher des bras de Sam qui ne relâcha pas son étreinte. Après quelques vains mouvements, elle s'abandonna contre lui et se mit à pleurer toutes les larmes de son corps.

Il ne tenta pas de la consoler avec des mots. Il n'en connaissait aucun qui apaise cette douleur venue du plus profond de l'enfance. Il se contenta de lui caresser les cheveux doucement, tandis qu'elle continuait de sangloter. Il n'aurait pas cru qu'on pût retenir en soi tant de larmes...

Lorsqu'elle fut un peu calmée, il l'abandonna un instant pour lui servir un petit verre de brandy, puis revint s'asseoir auprès d'elle.

— Tiens, cela t'aidera. Bois lentement.

Docilement, Johanna avala une gorgée d'alcool.

— Il m'inspirait une terreur respectueuse, commença-t-elle sans regarder Sam. J'ignore si je l'aimais, mais il était l'être le plus important de ma vie. Quand ma mère est partie... j'étais terrorisée à l'idée qu'il allait partir, lui aussi, ou bien me renvoyer. A cette époque, je n'avais pas encore compris combien il tenait à ce que sa vie privée ne s'étale pas dans les journaux. Le public pouvait

*La couleur des roses*

accepter ses liaisons, mais il aurait mal toléré que Carl Patterson se débarrasse de son unique enfant.

Comment expliquer à quel point elle s'était sentie perdue quand elle avait vu son père se comporter envers les femmes comme si sa mère n'avait jamais existé ?

— Quand il s'est remarié, ç'a été horrible. Il y a eu une grande réception. On m'a habillée, puis on m'a dit de sourire. Je détestais cela... tous ces ragots à propos de ma mère. Lui, il s'en moquait. Il a toujours eu ce don, mais moi, je ne cessais de penser que ma mère était remplacée par une femme que je ne connaissais même pas. Et je devais sourire.

Imbéciles dénués de sensibilité ! Sam serra Johanna plus fort contre lui.

— Et ensuite ?

— Après le mariage, je ne l'ai plus vu pendant trois mois. Il passait la plupart de son temps en Italie. Moi, j'avais ma gouvernante qui l'adorait évidemment. Il a toujours produit cet effet sur les femmes. J'allais à l'école... D'ailleurs, sa seconde épouse n'aimait pas les enfants. J'étais plus heureuse ici, je passais beaucoup de temps avec les Heddison. Ils ont été merveilleux pour moi.

— Je suis content de l'apprendre. Continue.

— C'était après son second divorce. Il avait une

*La couleur des roses*

liaison avec... peu importe qui. J'étais en vacances et je suis montée dans sa chambre je ne sais plus pourquoi. Peut-être voulais-je résoudre le mystère qui enveloppait mon père... Je me sentais toujours gauche, maladroite, à côté de lui. Il me semblait qu'il me manquait quelque chose, quelque chose qui l'empêchait de m'aimer comme il l'aurait dû. Il avait ce splendide vieux bureau, chez lui, avec tous ces tiroirs et ces compartiments. Il était très loin, de nouveau, aussi n'avais-je pas à avoir peur qu'il me surprenne. J'ai trouvé des lettres de femmes que j'ai écartées, puis j'ai reconnu l'écriture de ma mère... C'était comme si je l'avais vue en personne. Parfois, son visage devenait flou dans mon souvenir. Mais là, il me semblait la voir. Seigneur, qu'elle était belle ! Si fragile, si tourmentée... J'entendais sa voix chantante. Je l'avais tant aimée !

Sam lui prit le verre des mains et le posa sur la table.

— Tu as lu la lettre ?

— Je regrette tellement de l'avoir fait ! J'étais assoiffée de tout ce qui la concernait, si bien que je n'ai pas bien compris la teneur de ce que je lisais... du moins au début. Elle était certainement furieuse quand elle avait écrit cette lettre. La colère, l'amertume, le désir de vengeance affleuraient sous

*La couleur des roses*

les mots. J'avais toujours su que leur union n'avait pas été sans heurts, mais je n'avais pas soupçonné la haine qui avait grandi entre eux.

— Les gens disent souvent des choses qu'ils ne pensent pas dans ce genre de circonstances.

— Je ne le saurai jamais, mon père ne le saura jamais puisqu'elle est morte. Elle revenait sur chaque blessure, sur chaque promesse brisée, sur chaque infidélité, réelle ou imaginaire. Ensuite, elle sonnait la charge... En me laissant à sa garde, elle lui avait rendu la plus belle monnaie de sa pièce parce que... je n'étais pas de lui. Il ne pourrait jamais le prouver et elle n'avait pas l'intention de lui révéler le nom du géniteur. Il se pouvait aussi qu'il soit mon père... Elle lui souhaitait des siècles de tourment et de doute, mais c'est à moi qu'elle les a légués.

Sam regardait sans la voir la fenêtre obscurcie par la nuit. La rage qui le secouait intérieurement était si près d'exploser qu'il craignait de parler. Elle avait été une enfant innocente et meurtrie. Personne n'avait tendu la main vers elle.

— As-tu parlé de ceci à ton père ?

— Non. Je n'avais aucune raison de le faire. Il n'avait pas changé envers moi. Aussi longtemps que je ne le gênais pas, ma subsistance était assurée.

## La couleur des roses

— Ils ne te méritaient pas. Ni l'un ni l'autre.
— Cela n'a plus d'importance, maintenant. Je ne suis plus une enfant.

Sam prit le visage de la jeune femme entre ses mains.

— Cela en a pour moi... Tu en as pour moi, Johanna.
— Tu dois comprendre maintenant pourquoi je ne veux pas que nous allions trop loin tous les deux.
— Non.
— Sam...
— Ce que je comprends, c'est que tu as supporté des choses qu'aucun enfant ne devrait affronter, et que tu en as gardé des cicatrices.

Johanna émit un rire bref avant de se lever.

— Des cicatrices ! Tu ne sais donc pas que ma mère était malade ? Oh ! On s'est arrangé pour que cela ne se sache pas, mais j'ai tout découvert. Elle a passé les dernières années de sa vie dans des cliniques psychiatriques. Maniacodépression, instabilité, alcoolisme... Et elle se droguait. Si je ne suis pas certaine de l'identité de mon père, elle est bien ma mère. Qui sait ce que j'ai hérité d'elle ?

Sam se leva lentement. Sa première réaction aurait été de la consoler, mais il comprenait d'instinct que ce n'était pas la bonne tactique.

*La couleur des roses*

— Je ne te savais pas encline au mélodrame, Johanna.

Ces mots eurent exactement l'effet escompté : la colère s'alluma dans les yeux de la jeune femme. Le rouge monta à ses joues.

— Comment oses-tu me parler ainsi ?

— Comment oses-tu te cacher derrière des excuses grotesques ?

— Il n'y a pas d'excuses, il y a des faits.

— Je me fiche de ce qu'étaient ta mère ou ton père. Je t'aime, Johanna. Il faudra un jour ou l'autre que tu te fasses à cette idée.

— Je ne cesse de te dire que cela ne nous mènera nulle part, et je viens de t'expliquer pourquoi. Et encore ! J'ai omis les obstacles qui sont de ton fait.

— Vraiment ? Lesquels ?

— Tu es acteur.

— La grande nouvelle !

Johanna lui répondit d'un ton patient.

— J'ai vécu toute ma vie parmi les acteurs, et je comprends très bien leur difficulté à préserver leur vie privée. Si je croyais dans le mariage, ce qui n'est pas le cas, celui d'un acteur me paraîtrait de toute façon voué à l'échec.

— Je vois. Si je comprends bien, je présente un trop grand risque.

## La couleur des roses

Elle se raidit, décidée à rester forte.

— J'ai dit simplement que notre relation ne pourra évoluer dans le sens que tu désires, et que si tu préfères ne plus me voir, je le comprendrai.

— Tu comprendras ?

Il la fixa un moment comme s'il étudiait sa proposition. De son côté, Johanna tâchait de se préparer. Elle avait su que cette rupture lui ferait mal, mais elle n'avait pas prévu que ce serait à ce point. Comme il s'approchait d'elle, elle fit un effort pour le regarder dans les yeux.

— Tu es une idiote, Johanna.

Il avait parlé d'une voix si dure qu'elle sursauta.

— Est-ce que tu t'imagines que mes sentiments peuvent varier d'une seconde à l'autre ? Oui, n'est-ce pas ? Je le vois à ton visage. Eh bien, je n'ai pas l'intention de disparaître de ta vie. Et si tu comptes me pousser dehors, tu vas être déçue.

Les larmes brouillaient la vue de Johanna.

— Je ne veux pas que tu partes. Je pensais seulement...

— Eh bien, ne pense plus.

Il l'enleva dans ses bras. Elle ne protesta pas quand il commença de gravir les marches. Il avait raison. Elle ne voulait plus réfléchir. Elle en avait

*La couleur des roses*

assez de discuter avec elle-même, assez d'avoir peur. Elle voulait juste éprouver... et aimer.

La chambre était plongée dans l'obscurité, mais il n'alluma pas la lumière. Les parfums du jardin pénétraient dans la maison par les fenêtres ouvertes. En silence, Sam posa Johanna sur le lit et s'assit auprès d'elle.

Il venait de découvrir qu'elle était forte. Dans le meilleur sens du mot. En dépit des coups, des déceptions, elle avait poursuivi son chemin. Bien d'autres se seraient effondrés, mais Johanna, sa Johanna avait réussi à creuser sa place.

Sous la force, il avait trouvé la passion. Il ne lui permettrait plus de la cacher sous la glace, pas plus qu'il ne permettrait à tout autre que lui-même d'en éprouver le feu.

Sous la passion, se dissimulait une timidité touchante, une douceur qui était en elle-même un miracle, si l'on considérait son enfance et toutes les désillusions qu'elle avait rencontrées.

Elle venait de lui révéler sa fragilité. Ce soir, il ferait l'amour avec la tendre, la vulnérable et fragile Johanna.

D'un geste très doux, il écarta la masse de cheveux blonds de son visage. Des larmes brillaient encore sur ses joues. Du bout des doigts, il les essuya, puis

*La couleur des roses*

il déposa une kyrielle de baisers sur la peau salée. La nuit les entourait, pourtant il devinait ses yeux à demi fermés par la fatigue.

— Tu veux dormir ? demanda-t-il.
— Non. Et je ne veux pas que tu partes.
— Alors détends-toi et laisse-moi t'aimer.

Ce n'était pas plus difficile que cela...

Il la déshabilla lentement, comme s'il n'avait pas voulu troubler son sommeil. Lorsqu'elle fut nue et offerte, il la contempla longuement. Sa peau semblait blanche et nacrée dans la pénombre. D'un doigt, il dessina les contours de son visage, puis sa main glissa le long du cou gracile pour se poser sur un petit sein.

Johanna ferma les yeux. Il avait toujours fait preuve d'une grande douceur, même dans la passion. Mais cette fois, c'était un moment que sa mémoire chérirait à jamais, d'une harmonie ineffable. Le temps s'écoula comme une eau claire et limpide...

Le cœur de Johanna battait sous les lèvres de Sam. Elle le serrait contre elle, mais sans urgence ni hâte. Elle suivait son rythme, heureuse qu'il eût compris combien elle avait besoin de tendresse.

Du plus profond d'elle-même, elle aspirait à lui donner autant d'amour qu'il lui en témoignait. Avait-elle remarqué auparavant combien il était

## *La couleur des roses*

fort ? Comment les muscles de son dos roulaient sous sa peau ? Elle les avait déjà caressés, parfois griffés et mordus, mais toujours dans des moments où elle était proche du plaisir. Ce soir, il lui semblait flotter à la surface d'un lac immobile.

Lorsqu'il s'empara d'elle, elle exhala un long soupir. Ensemble, ils se perdirent dans un océan de douceur. Plus tard, bien plus tard, elle se nicha contre lui pour s'endormir. A l'horizon, le ciel commençait à pâlir.

# Chapitre 11

Il aurait pu l'étrangler.

Quand Sam s'éveilla, il trouva le lit vide et la maison déserte. Dans la salle de bains, une serviette humide pendait sagement au sèche-linge, l'odeur de Johanna flottait encore dans la chambre. Les vêtements qui parsemaient le sol avaient été pliés. En bas, son porte-documents avait disparu et des fleurs fraîches étaient disposées dans un vase.

Avant de partir, elle avait pris soin de mettre en marche le répondeur téléphonique. Au plus fort de la crise, Johanna demeurait organisée.

Il était certain de vouloir l'étrangler.

Dans la cuisine, il vit qu'elle avait rincé les tasses utilisées la veille.

Contre la Thermos pleine de café, il aperçut le message.

*La couleur des roses*

« Je n'ai pas voulu te réveiller. Je devais aller très tôt à l'hôpital, avant de me rendre au studio. Le café est prêt. »

Les mots suivants avaient été raturés et elle s'était bornée à apposer sa signature : « Johanna. »

Sa mère aurait pu rédiger cette note, songea Sam avec amertume. Elle aurait seulement ajouté : « Laisse cet endroit dans l'état où tu l'as trouvé. »

Torse nu, il se tint un instant dans la cuisine, puis il chiffonna la feuille de papier et la jeta sur le comptoir. Personne ne pourrait accuser Johanna de ne pas avoir la tête solidement plantée sur les épaules. Il avait cru un instant qu'elle s'appuierait sur lui. Il avait seulement oublié à quel point elle pouvait être entêtée.

Il se baissa machinalement pour ramasser le chaton qui se frottait contre ses jambes. La petite bête n'avait pas faim. Johanna lui avait laissé une gamelle bien pleine. Elle avait simplement besoin d'affection.

Sam gratta un instant le crâne de Lucy avant de la reposer sur le sol. Johanna constaterait à ses dépens qu'il pouvait se montrer entêté, lui aussi.

*\*
\* \**

*La couleur des roses*

Elle pensait à lui. Sam aurait été stupéfait s'il avait su combien ces quelques lignes lui avaient donné de tracas. Elle aurait voulu le remercier d'avoir été si bon et si compréhensif quand elle se trouvait au creux de la vague. Elle aurait voulu lui dire qu'elle l'aimait. Mais les mots semblaient vides et inadéquats dès qu'ils étaient sur le papier.

Elle avait même failli le réveiller pour lui demander de l'aider à affronter cette journée. Puis elle s'était ravisée : elle devait être forte, en prévision du jour où elle se retrouverait seule.

L'infirmière qui l'accueillit était jeune et aimable. Elle dit à Johanna que son père avait passé une bonne nuit, puis elle lui demanda de patienter quelques instants pendant qu'on prévenait le Dr Merritt de sa venue.

Johanna pénétra dans la salle d'attente. Une télévision murale diffusait les nouvelles de la matinée. Carl Patterson était à la une.

Sans émotion, Johanna écouta le communiqué qu'elle avait rédigé elle-même avec le chef de publicité. Le présentateur passa très vite sur la crise cardiaque dont était victime le célèbre producteur de télévision.

En revanche, il s'étendit sur sa carrière avec un luxe de détails que Carl aurait approuvé. Pour

*La couleur des roses*

terminer, il précisa que la fiancée de Carl Patterson, l'actrice Toni Dumonde, demeurait injoignable.

Au moins, Toni ne manquait pas de bon sens, pensa Johanna. Si elle avait joué le numéro de la veuve éplorée, Carl n'aurait pas hésité à rompre le lien qui les unissait.

— Mademoiselle Patterson ?

Johanna se leva machinalement, le cœur soudain étreint par l'angoisse.

— J'espère ne pas être arrivée trop tôt, docteur Merritt.

— Pas du tout. Votre père est éveillé et son état stabilisé. Par précaution, nous le garderons sous surveillance pendant les prochaines vingt-quatre heures, mais si tout va bien, nous pourrons ensuite l'installer dans une chambre particulière.

— Votre pronostic ?

— Il est bon, à condition que votre père se montre coopératif. Quelle influence avez-vous sur lui ?

Johanna sourit, presque amusée.

— Je n'en ai aucune.

— Ainsi que je vous l'ai déjà dit, M. Patterson devra admettre ses limites, comme tout un chacun.

— Il faudra que vous le lui disiez vous-même.

— J'ai déjà un peu discuté avec lui. Pour le moment, il a surtout besoin d'être rassuré. Nous

*La couleur des roses*

parlerons de l'avenir bien assez tôt. Il a demandé à voir Mlle Toni Dumonde, ainsi qu'un nommé Whitfield. La visite de sa fiancée peut lui faire du bien, mais...

— Je me charge de Whitfield.

Le médecin hocha la tête. Il avait déjà décidé que la fille de Carl Patterson était une jeune personne raisonnable.

— Votre père a de la chance. S'il fait attention, il n'y a aucune raison pour qu'il ne mène pas une vie longue et productive.

— Puis-je le voir ?

— Un quart d'heure seulement. Il a besoin de calme et de tranquillité.

Quelques minutes plus tard, Johanna pénétrait dans la salle de soins. Son père était toujours environné d'appareils, mais il paraissait moins pâle que la veille. Dès qu'elle fut près du lit, il ouvrit les yeux.

— Bonjour, dit-elle d'une voix neutre. Tu nous as causé une belle émotion.

— Johanna... Qu'ont-ils dit ?

« Il a peur », songea-t-elle avec compassion. Elle n'avait jamais pensé qu'il puisse être effrayé.

— Ils ont dit que tu as de la chance et que, si tu fais attention, de nombreuses productions Patterson verront encore le jour.

*La couleur des roses*

C'était exactement les mots qu'il fallait prononcer. Elle ne s'était pas encore aperçue à quel point elle le connaissait bien.

— Mon corps a bien choisi son moment pour me jouer ce tour, grommela-t-il.

— L'hôpital a appelé Toni. Elle ne tardera pas à venir te voir.

— Il paraît qu'ils veulent me garder encore un jour ?

— Davantage, si tu n'es pas raisonnable.

— J'ai du travail !

— Très bien. Je vais leur dire de te laisser sortir. Tu auras peut-être le temps de produire *Champs de feu* avant d'être terrassé par une seconde attaque.

L'expression renfrognée de Carl se teinta d'étonnement, puis d'amusement.

— Admettons que je puisse m'offrir quelques jours de congé. Mais je ne veux pas que ce maladroit de Whitfield s'en mêle.

— J'ai contacté Loman.

Aussitôt, Carl se raidit, redevenant l'homme froid et désapprobateur qu'elle avait toujours connu. Johanna poursuivit :

— Je suis désolée si j'ai outrepassé mes droits, mais quand j'ai parlé à Whitfield, la nuit dernière, j'ai pensé que tu préférerais Loman.

*La couleur des roses*

— Bien, bien. Je préfère en effet Loman. Whitfield a des qualités, mais mieux vaut ne pas lui laisser la bride sur le cou. Et la presse ?

Johanna réprima un soupir. Carl avait oublié d'avoir peur pour redevenir l'homme d'affaires qu'il était.

— Ils ont accepté notre communiqué. Le plus discret possible, évidemment.

— Parfait. Je dois rencontrer Loman cet après-midi. Arrange-moi ça, Johanna.

— Non.

— Que veux-tu dire ?

— C'est hors de question. Tu dois attendre un jour ou deux.

— Je fais ce qui me plaît.

— Personne n'en est plus consciente que moi.

— Si tu as la moindre idée de profiter de mon état pour me voler le pouvoir, je...

Il se tut, presque effrayé par la fureur glacée qui brillait dans les yeux de sa fille.

— Je n'attends rien de toi, dit-elle. Autrefois, oui, mais j'ai appris à vivre sans cela. Maintenant, si tu veux bien m'excuser, j'ai ma propre émission à produire.

— Johanna...

*La couleur des roses*

Elle s'arrêta devant la porte, saisie par cette voix tremblante.
— Oui ?
— Je te demande de m'excuser.
C'était bien la première fois, que...
— Ce n'est rien. Le médecin m'a demandé de ne pas rester longtemps. Je t'ai déjà fatigué, probablement.
— J'ai failli mourir.
Il avait prononcé ces mots comme un vieil homme effrayé.
— Tu vas aller bien, maintenant.
— J'ai failli mourir, répéta-t-il. Et pendant quelques secondes, il m'a semblé voir passer ma vie sous mes yeux. Je... je me suis revu partant pour l'aéroport. J'étais dans la limousine, et toi, tu te trouvais sur les marches du perron, avec ce chien que Max t'avait donné. On aurait dit que tu voulais me rappeler.
Johanna ne se souvenait pas de cette anecdote précise. Il y en avait eu tant de semblables... !
— Si je l'avais fait, tu serais resté ?
Il soupira.
— Non. Le travail est toujours passé en premier. Ta mère...
— Je ne veux pas parler d'elle.

## La couleur des roses

— Elle t'aurait mieux aimée, si elle m'avait moins haï.

Cela faisait mal. Même après toutes ces années, ces mots la blessaient.

— Et toi ?

— Le travail est toujours passé en premier, répéta-t-il. Tu reviendras ?

— Oui, je repasserai à l'hôpital après l'enregistrement.

Il dormait avant qu'elle eût refermé la porte derrière elle.

La demeure de Max Heddison était aussi belle et racée que l'homme lui-même. Sam traversa les trente pièces de cette maison, achetée par Max un quart de siècle auparavant. Sur la terrasse étaient disposées des chaises rembourrées, ainsi qu'une demi-douzaine de fauteuils en osier qui semblaient inviter les hôtes à se mettre à l'aise.

Max était en train de se baigner dans sa piscine. Au-delà des pelouses, en partie cachées par des haies bien taillées, Sam aperçut les courts de tennis.

Un serviteur en jaquette blanche invita Sam à prendre un siège. Assis au soleil, l'acteur observait son aîné, en train de nager méthodiquement d'un

*La couleur des roses*

bord à l'autre de la piscine. A soixante-dix ans, Max en accusait cinquante.

Le serviteur déposa devant Sam une tasse de café qu'il sirota en attendant son hôte. Enfin, ce dernier se hissa hors de l'eau et enfila un peignoir de bain avant de venir vers lui.

— Content de vous voir, Sam. Vous avez pris votre petit déjeuner ?

— Oui, merci.

A peine Max fut-il assis que le serviteur réapparut, portant un panier de fruits et des toasts.

— Merci, Joe. Apportez un jus d'orange pour M. Weaver.

Il se tourna vers Sam.

— Nous pressons nos propres oranges, précisa-t-il. Ma femme est une écologiste convaincue, nous n'utilisons aucun conservateur. J'ai juste le temps de fumer une cigarette avant qu'elle revienne de son footing matinal. Bien... Je suppose que vous n'êtes pas venu pour parler d'hygiène de vie. Que pensez-vous du scénario ?

— Qui dois-je tuer pour obtenir le rôle ?

Max gloussa avant d'aspirer la fumée de sa cigarette avec un plaisir évident.

— Je vous le dirai bientôt. Vous savez, je n'apprécie pas beaucoup ces faiseurs de films d'aujourd'hui,

*La couleur des roses*

plus intéressés par le profit que par la qualité. Mais j'ai idée que nous pourrions bien avoir les deux, avec ce script.

— J'ai le trac rien que d'y penser, dit simplement Sam.

— Je connais ce sentiment. J'ai commencé à faire des films bien avant votre naissance... J'en compte environ quatre-vingts, à cette heure, mais il y en a à peine cinq qui me font cet effet.

— Je vous remercie d'avoir pensé à moi.

— C'est inutile. Au bout de dix pages, votre nom a surgi dans ma tête. Il y était encore quand j'ai terminé le script. Evidemment, j'ai consulté ma femme.

Max fit la grimace en avalant une gorgée du café décaféiné conseillé par son épouse.

— Je lui demande son opinion depuis bientôt quarante ans, poursuivit-il.

Sam se rappela combien l'avis de Johanna lui avait été précieux.

— Et quand elle me l'a donné, elle m'a dit que si je ne faisais pas ce film, j'étais aussi fou qu'elle le croyait. Elle a ajouté que je devrais choisir le jeune Sam Weaver pour le rôle de Michael. Il se trouve que ma femme apprécie votre... plastique.

Sam sourit.

*La couleur des roses*

— J'aimerais la connaître.
— Nous arrangerons cela. Vous ai-je dit que Kincaid acceptait de diriger le tournage ?
— Non. Vous ne pouviez guère choisir mieux.
— C'est ce que je pense. Patterson le produira...

Voyant Sam tressaillir, Max se servit une seconde tasse de café avant de poursuivre.

— Vous y voyez un inconvénient ?
— Cela se pourrait.

Il voulait ce rôle, mais pas au prix d'une altération de ses relations avec Johanna.

— Si c'est Jo qui vous inquiète, vous avez tort. C'est une professionnelle, notre Jo, et elle respecte le travail de son père.

Sam serra les mâchoires, une sourde colère au fond des yeux. Max hocha imperceptiblement la tête.

— Vous êtes allés aussi loin que cela ? dit-il. Je n'étais pas sûr que Johanna laisserait jamais un homme l'approcher de si près.

— J'ai été un peu aidé par les circonstances... Savez-vous que Carl Patterson a été victime d'une crise cardiaque cette nuit ?

Aussitôt, Max arbora une expression inquiète.

— Non. Il m'arrive de rester des jours sans écouter les actualités. C'est grave ?

— Relativement. Pour autant que je le sache, son

*La couleur des roses*

état est stabilisé. Johanna est retournée à l'hôpital ce matin.

Max paraissait songeur.

— Carl mène une vie de fou. On dirait qu'il n'a jamais pris le temps de jouir du fruit de son travail. Vous savez, j'ai trois enfants, cinq petits-enfants et un arrière-petit-fils en préparation. A certains moments, je n'étais pas là pour eux et je le regrette. Vouloir fonder une famille et gérer sa carrière de front, c'est un peu comme de jongler avec des œufs. Il y a toujours de la casse.

— Certains sont plus adroits que d'autres.

— Exact. A condition d'accepter les compromis et de faire davantage d'efforts, cela peut marcher. Je déteste me mêler des affaires des autres, mais... où en êtes-vous avec Jo ?

— Nous allons nous marier, du moins... sitôt que j'aurai réussi à la convaincre.

— Je vous souhaite bonne chance du fond du cœur. Que vous a-t-elle raconté, exactement ?

— Assez pour que je sache que la partie sera difficile.

— Et vous l'aimez ?

— Assez pour ne pas renoncer à elle malgré cela.

Max se risqua à allumer une seconde cigarette.

— Je vais vous dire certaines choses qui pourront

*La couleur des roses*

vous aider. Si elle le savait, Johanna m'en voudrait sans doute, mais tant pis.

— Je vous remercie.

Environné de fumée, Max fixa l'horizon un long moment.

— La mère de Johanna était une splendide créature. Sa fille lui ressemble physiquement, mais cela s'arrête là. Glenna était égocentrique, tourmentée par ses démons intérieurs. Elle avait épousé Carl après une liaison passionnée et orageuse. Ils formaient un couple superbe, chéri des photographes. Carl était brun, d'une beauté rude, athlétique. Glenna était d'une fragilité diaphane. Ils organisaient des réceptions extraordinaires. Pour être honnête, je les aimais beaucoup tous les deux.

Max soupira, écrasa son mégot et poursuivit :

— Quand Glenna a été enceinte, elle a passé des heures à décorer la chambre d'enfant. Puis sa silhouette a commencé de s'alourdir, et elle en a voulu au monde entier.

— Johanna m'a dit qu'elle était maniaco-dépressive...

— Peut-être. Je ne suis pas expert en psychiatrie. Je dirai que c'était une âme faible. Elle souffrait de ne pas avoir eu autant de succès qu'elle le désirait. Elle avait du talent, d'ailleurs, un réel talent. Mais

*La couleur des roses*

sans doute n'avait-elle pas su saisir sa chance. Quoi qu'il en soit, il était plus simple d'accuser Carl, d'abord, puis l'enfant. Après la naissance, elle passait par des phases d'amour maternel passionné, suivies d'un désintérêt total. Le mariage sombrait. Carl accumulait les liaisons. Quand ils en sont venus au divorce, Glenna a utilisé l'enfant comme une arme. Loin de moi la pensée de justifier Carl, mais il ne s'est jamais servi de Johanna contre sa femme.

— Est-il seulement son père ?

Max releva un sourcil, étonné.

— Pourquoi vous posez-vous cette question ?

Sam hésita un instant.

— Quand Johanna était encore une fillette, elle a trouvé une lettre de sa mère adressée à Patterson. Elle mettait en doute sa paternité.

Max passa sa main sur son visage.

— Eh bien, si je me doutais... Pauvre petite Johanna ! Pour autant que je le sache, je dirai que cette lettre est une absurdité. Glenna n'aurait jamais attendu si longtemps pour assener cette révélation, elle n'a jamais été capable de garder un secret plus de deux heures. Deux minutes, si elle avait bu. Je suis navré de le dire, mais si Carl avait eu le moindre doute que Johanna n'était pas

*La couleur des roses*

sa chair et son sang, il l'aurait renvoyée à sa mère sans le moindre remords.
— Belle mentalité !
— Sans doute, mais cela prouve qu'il est bien le père de Johanna.


John Jay adressa aux caméras un sourire éblouissant.
— Chers téléspectateurs, écoutez bien ! Vous qui nous regardez fidèlement, vous savez que *A vos marques* lance aujourd'hui son grand concours d'été. Pour gagner, tout ce que vous avez à faire, c'est de répondre aux questions que je vous poserai chaque jour dans le courant de l'émission. Il est temps aujourd'hui de vous apprendre ce que vous gagnerez...
Le présentateur fit une pause pendant que deux voitures étincelantes apparaissaient sur l'écran. Le public présent dans le studio applaudit avec une vigueur de commande.
— La quatrième semaine de juillet, reprit John Jay, l'un de vous gagnera non pas une mais deux luxueuses voitures. Il vous suffit de nous envoyer vos réponses par la poste. Maintenant, pour la question d'aujourd'hui...

*La couleur des roses*

Il y eut un silence dramatique pendant que John Jay ouvrait l'enveloppe.

— Question numéro trois...

Johanna n'écouta pas la suite. Elle se demandait si elle parviendrait à franchir les deux enregistrements suivants.

Ils avaient déjà pris du retard à cause d'un assistant enthousiaste qui avait crié les réponses pendant l'épreuve de vitesse. Il avait fallu interrompre l'enregistrement, calmer l'individu et aller chercher une nouvelle batterie de questions. D'habitude, elle acceptait ce genre d'événements avec une certaine philosophie, mais aujourd'hui, elle avait du mal à ne pas se laisser déborder par l'agacement.

A la fin de la séquence, elle soupira de soulagement. Elle avait un quart d'heure devant elle, avant le début de la suivante.

— Beth, j'ai un coup de téléphone à passer. En cas d'ennui, je suis dans le bureau.

Sans attendre la réponse, elle se rua hors du plateau. Au bout du couloir, une petite pièce avait été pourvue d'une table, de quelques chaises et d'un téléphone. Elle appela l'hôpital et dut attendre dix minutes pour s'entendre dire que Carl n'était plus dans un état critique.

## La couleur des roses

Elle se frottait les yeux et envisageait de prendre une nouvelle tasse de café quand la porte s'ouvrit.

— Beth, si ce n'est pas une question de vie ou de mort, épargne-moi.

La voix de Sam la fit sursauter.

— C'est bien mon intention.

— Oh, Sam, je ne t'attendais pas !

Il referma la porte derrière lui.

— Tu ne m'attends pas souvent. Comment vas-tu ?

— Pas trop mal.

— Ton père ?

— Mieux. Ils pensent le transférer demain dans une chambre privée.

L'acteur s'assit sur le bord de la table et examina Johanna d'un œil critique.

— Tu sembles épuisée, Johanna. Laisse-moi te ramener chez toi.

— Nous n'avons pas terminé, et j'ai promis de passer par l'hôpital après l'enregistrement.

— Entendu, j'irai avec toi.

— Non, je t'en prie. Ce n'est pas nécessaire et je serai une triste compagnie, ce soir.

Elle avait joint les mains et les serrait très fort. Délibérément, il les prit entre les siennes et les sépara.

— Tu veux encore m'échapper, Johanna ?

— Non... Je ne sais pas. Sam, je ne saurais te

*La couleur des roses*

dire combien je te suis reconnaissante pour m'avoir écoutée et réconfortée cette nuit. Je n'oublierai jamais que tu étais là quand j'ai eu besoin de toi.

— Cela ressemble à un adieu, murmura-t-il.

— Non, bien sûr. Mais tu dois comprendre, maintenant, pourquoi je ne veux pas m'engager envers toi.

— Je dois être stupide parce que je ne vois pas ce qui t'effraie tant, Johanna.

— Je dois m'en aller, il ne reste plus que quelques minutes.

— Attends, je vais essayer d'être bref. Après-demain, je m'envole pour l'Est afin de commencer le tournage de mon prochain film. J'en ai pour trois semaines, peut-être plus, et il m'est impossible de repousser.

— Je comprends. J'espère que tu me donneras de tes nouvelles.

— Johanna, je veux que tu viennes avec moi.

— Je... je ne peux pas ! J'ai mon travail, mon...

— Je ne te demande pas de choisir entre ton travail et moi, pas plus que tu n'exigerais de moi que je renonce à mon métier.

— Bien sûr que non !

Sam scruta un instant le visage de la jeune femme.

*La couleur des roses*

— Le script que Max m'a envoyé... Je veux accepter ce rôle.

— Tu as raison, il est fait pour toi.

— Attends... C'est ton père qui le produit, Johanna.

— Oh! En ce cas, tu as le meilleur.

— Je veux savoir ce que tu en penses.

— Cela n'a aucune importance. Ecoute, Sam, tes choix professionnels t'appartiennent. Tu serais stupide de ne pas saisir l'occasion de travailler avec Max et les Productions Patterson.

— Toujours raisonnable.

— Je l'espère.

— Alors sois-le aussi maintenant, et accepte de venir dans l'Est avec moi. Ton équipe est bien rodée, tu le sais, elle peut parfaitement se passer de toi pendant deux semaines.

— Sans doute, mais non sans quelques problèmes. En outre, il y a mon père...

— Très bien. En ce cas, reste une semaine pour t'assurer que l'équipe tourne bien et que ton père est en bonne voie de guérison, et puis rejoins-moi.

— Pourquoi?

— Je me demandais quand tu te déciderais à poser cette question.

Sam enfonça une main dans sa poche et en sortit

*La couleur des roses*

une boîte. Dans sa vie, il avait souvent agi sous le coup d'une impulsion. Ce n'était pas le cas cette fois-ci. Il avait longuement réfléchi et conclu qu'il ne pouvait partir sans savoir.

— Ouvre-la.

Johanna fixa longuement le diamant étincelant. C'était une bague de fiançailles très classique et simple, le genre de bijoux dont rêvaient toutes les jeunes filles.

— Je veux t'épouser, dit Sam.

— C'est impossible. Je me demande comment une telle idée a pu te venir à l'esprit.

— C'est tout simple. Quand j'ai appris que le tournage commençait, j'ai su ce que je devais faire.

Elle lui rendit la boîte. Comme il ne la prenait pas, elle la déposa sur la table.

— Je suis désolée, Sam, je ne veux pas te blesser. C'est tout simplement que je ne peux pas.

— Il est temps que tu te débarrasses du poids qui pèse sur toi, Johanna. Toi et moi savons ce que nous avons reçu l'un de l'autre depuis que nous nous connaissons. Si tu crois me faire une faveur en me tournant le dos, tu te trompes lourdement.

La prenant par la nuque, il l'embrassa. Incapable de le repousser, elle noua les bras autour de son cou.

*La couleur des roses*

— Me crois-tu quand je te dis que je t'aime ? demanda-t-il.

— Oui. Sam, je ne veux pas que tu partes. Je sais qu'il le faut et combien tu me manqueras. Mais... je ne peux pas te donner ce que tu me demandes. Si je le pouvais, tu serais le seul à qui je le donnerais.

Il n'en avait pas espéré autant. Un autre aurait été découragé, mais il s'était cogné dans trop de murs au cours de sa vie pour se laisser rebuter par un de plus. Celui-ci, il avait l'intention de le démolir brique par brique.

Il déposa un baiser sur la tempe de la jeune femme.

— Je sais déjà ce dont j'ai besoin et ce que je veux. Pense à ce qui te concerne, Johanna, à ce dont tu as besoin et à ce que tu veux. Je crois que tu es assez intelligente pour trouver la réponse d'ici peu.

La reprenant dans ses bras, il l'embrassa à en perdre le souffle, puis il murmura :

— A bientôt.

Après son départ, elle eut tout juste la force de s'effondrer sur la chaise. L'émission avait commencé, mais elle resta assise, les yeux fixés sur la bague qu'il avait laissée sur la table.

# Chapitre 12

Sam avait tendu ses filets, elle le savait fort bien. Et bien qu'elle n'eût pas l'intention de se laisser prendre au piège, elle devait bien avouer qu'il était plus fort qu'elle à ce jeu. Il était parti depuis deux semaines et elle n'avait pas reçu le moindre coup de téléphone.

Mais il y avait les fleurs.

Elles étaient livrées chaque soir. Des roses, un jour, des orchidées le lendemain. Elle ne pouvait rentrer dans une pièce de sa maison sans penser à lui.

Et dès la seconde semaine, elles avaient envahi son bureau : tantôt un petit bouquet de violettes, tantôt une énorme brassée champêtre. Même là, elle ne parvenait plus à lui échapper.

Décidément, il jouait... Mais il ne jouait pas franc-jeu.

*La couleur des roses*

Elle ne pouvait pas l'épouser, c'était complètement absurde ! Elle ne pensait pas qu'on pût s'aimer une vie entière, elle le lui avait dit et elle n'était pas près de changer d'avis.

Par sécurité, elle emportait la bague avec elle, mais elle ne l'avait pas sortie de sa boîte... sauf une ou deux fois, peut-être. Heureusement, la surcharge de travail détournait son esprit de lui. Mais il y avait les longues nuits sans sommeil, à attendre près du téléphone...

Il lui avait dit de l'appeler, mais il ne lui avait même pas laissé ses coordonnées. Une enquête discrète avait permis à Johanna de savoir dans quel hôtel il était descendu. Evidemment, elle n'avait pas l'intention de le contacter.

A la fin de la deuxième semaine, Johanna était furieuse contre Sam. Elle songea à lui renvoyer sa bague par la poste, mais au moment de jeter le paquet à la boîte, elle songea qu'elle préférait la lui lancer au visage quand il reviendrait.

Au matin de la troisième semaine, elle ne tenait plus en place et son équipe la couvait des yeux avec une évidente inquiétude. Pendant l'enregistrement du lundi, elle se montra acariâtre sous le prétexte qu'elle devait apporter les cassettes à son père.

*La couleur des roses*

En fin de journée, Beth les lui tendit avec un sourire exagéré.

— Tiens ! Essaie de ne pas les mordre pendant le trajet.

Johanna les fourra dans son sac.

— J'aurai besoin de toi, demain à 9 heures.

— Tout ce que tu veux, dit Beth un peu sèchement.

Johanna posa sur son amie des yeux méfiants.

— Tu as un problème ?

— Moi ? Pas du tout ! C'est mon dos.

— Qu'est-ce qu'il a ?

— Il est toujours un peu douloureux quand j'ai été flagellée.

Johanna ouvrit la bouche, la referma. Une seconde de silence passa.

— Je suis désolée de m'être montrée aussi désagréable, dit-elle enfin.

— A peine. Il me semble que si quelqu'un m'envoyait des fleurs chaque jour de la semaine, je serais plus souriante.

— Il pense que cela suffit pour m'enrouler autour de son doigt.

— Il y a pire... Non, oublie ce que je viens de dire, Johanna. Mais je ne vois rien de machiavélique dans le fait de couvrir une femme de roses. C'est un homme qui sait vivre.

*La couleur des roses*

Johanna ne put s'empêcher de sourire.

— Il est merveilleux.

— Il te manque ?

— Oui, ainsi qu'il s'y attendait.

— Tu sais, Johanna, la distance est la même de l'ouest à l'est que de l'est à l'ouest.

Johanna y avait déjà pensé. Sa main serra la boîte au fond de sa poche.

— Non, je ne peux pas, ce ne serait pas honnête envers lui.

— Pourquoi ?

— A cause... de cela !

D'un geste vif, Johanna avait sorti la boîte de sa poche et l'ouvrait sous les yeux émerveillés de Beth.

— Mazette ! Félicitations, meilleurs vœux de bonheur et *buon viaggio*. Où est la bouteille de champagne ?

— J'ai refusé.

— Alors pourquoi as-tu ce bijou sur toi ?

La question était si sensée que Johanna resta un instant à contempler la bague, les sourcils froncés.

— Il me l'a laissée entre les mains, et il est parti.

— Un démon romantique, si je comprends bien ?

— Euh... Pas exactement, mais enfin un peu... En fait, c'était plus un ultimatum qu'une proposition, mais j'ai dit non.

*La couleur des roses*

— Donc, tu as simplement décidé de tourner en rond avec ça dans ta poche pendant quelques jours ?

— Non... je voulais juste garder cette bague sous la main pour pouvoir la lui rendre.

Beth hocha lentement la tête.

— C'est la première fois que je t'entends proférer un mensonge.

Johanna referma la boîte avant de la fourrer de nouveau dans sa poche.

— J'ignore pourquoi je la garde. Cela n'a pas d'importance.

— Evidemment. J'ai toujours pensé qu'il n'y avait pas de quoi s'exciter à propos des demandes en mariage et des somptueux bijoux.

— Je ne crois pas dans le mariage.

— C'est comme de ne pas croire au Père Noël. Ne me dis pas que tu n'y crois pas non plus !

Johanna décida qu'elle était trop fatiguée pour discuter.

— Nous en parlerons plus tard. Je vais porter ces cassettes à mon père... Evidemment, Beth, tu gardes cela pour toi ?

— Le secret me suivra dans ma tombe.

Johanna se mit à rire.

— Je t'aime bien, tu sais. Je regretterai de te perdre.

*La couleur des roses*

— Je suis virée ?
— Tôt ou tard, c'est toi qui me quitteras. Tu ne te contenteras pas longtemps d'être assistante...

Johanna prit une profonde inspiration avant de poursuivre :

— Le Père Noël mis à part, tu crois au mariage, Beth ?

— Je suis une incorrigible romantique, ne l'oublie pas. Oui, j'y crois, aussi longtemps que les deux partenaires sont décidés à tout mettre en œuvre pour qu'il réussisse.

— Bonne nuit, Beth, à demain.

Pendant tout le trajet jusqu'à Beverly Hills, Johanna ne cessa de réfléchir. Ses pensées étaient confuses, mais elles tournaient toutes autour de Sam.

Les grilles de la propriété étaient closes. Johanna appuya sur le bouton de l'Interphone et attendit que la gouvernante de son père lui demande son nom. Quelques instants plus tard, elles s'ouvraient sans bruit.

La porte de la grande maison fut ouverte par une servante vêtue de gris avant qu'elle parvienne en haut du perron.

— Bonsoir, mademoiselle Patterson.
— Bonsoir. M. Patterson m'attend ?

## La couleur des roses

— Il est dans le salon, en compagnie de Mlle Dumonde.

— Merci.

Carl Patterson semblait aller mieux. Vêtu d'un habit bleu nuit, il arpentait le parquet ciré avec impatience. Toni feuilletait un magazine tout en buvant un verre de vin, assise sur le canapé.

— Je t'attends depuis une heure, dit Carl sans préambule.

Johanna sortit les cassettes de son sac et les posa sur la table.

— Nous avons travaillé tard. Tu as l'air bien.

— Je n'ai aucune raison d'aller mal.

D'un mouvement gracieux, Toni se leva. Son pyjama du soir soulignait ses courbes voluptueuses. Se dirigeant vers la porte, elle lança par-dessus son épaule :

— Carl est de mauvaise humeur, ce soir. Peut-être parviendrez-vous mieux que moi à le distraire.

Johanna eut l'air étonnée.

— J'arrive au mauvais moment ?

Carl se dirigea vers le bar et se remplit un verre de soda.

— Pas du tout. Tu veux quelque chose ?

— Non, merci, je ne reste pas longtemps.

*La couleur des roses*

— Je pensais que tu visionnerais les cassettes en ma compagnie...

— Tu n'as pas besoin de moi pour cela. Je vais te laisser...

Il s'éclaircit la gorge.

— Johanna. Tu as fait du bon travail.

Elle consulta sa montre.

— Merci.

— Si tu as un rendez-vous, vas-y.

— Excuse-moi, je vérifiais simplement la date. Comme c'est la première fois de ma vie que tu m'adresses un compliment, je veux marquer ce jour d'une pierre blanche.

— Inutile d'être sarcastique.

Johanna traversa la pièce et s'assit sur le bord d'une chaise. Elle ne s'était jamais sentie à l'aise dans cette maison.

— Peut-être pas. Avant de partir, j'aimerais te demander quelque chose.

— Par rapport à l'émission ?

— Non, c'est personnel... Pourquoi veux-tu te marier avec Toni Dumonde ?

Jamais personne ne s'était hasardé à questionner Carl sur ses raisons d'agir, aussi loin qu'il remontât dans ses souvenirs.

*La couleur des roses*

— Je dirais que cela me regarde. Si tu es gênée par la différence d'âge...

— Non. Je suis simplement curieuse.

— Je me marie parce que je le veux.

Johanna observa son père pendant quelques longues secondes. Peut-être était-ce aussi simple que cela, pour Carl : « Je veux, je fais. J'ai envie, je prends. »

— Tu as l'intention de rester marié avec elle ?

— Aussi longtemps que cela nous conviendra à tous deux.

La jeune femme sourit. Cela, au moins, était une vérité sans fard.

— Pourquoi as-tu épousé ma mère ?

Si la première question avait étonné Carl, la seconde le laissa sans voix. Il vit soudain en Johanna une ressemblance qu'il avait toujours ignorée, mais ce visage était plus franc. Il exprimait plus de courage que l'autre.

— Pourquoi me le demandes-tu aujourd'hui ? Tu ne m'as jamais parlé d'elle auparavant.

— J'aurais peut-être dû. J'ai moi-même une importante décision à prendre et j'ai besoin de comprendre. Tu l'aimais ?

— Bien sûr. Elle était belle, fascinante. A cette

*La couleur des roses*

époque, tous les hommes qui rencontraient Glenna tombaient amoureux d'elle.

— Mais c'est toi qui l'as épousée, toi qui as divorcé d'avec elle.

Carl se sentit soudain mal à l'aise.

— Ce mariage était une erreur. Au bout d'un an, nous le savions tous les deux. Nous étions toujours autant attirés l'un par l'autre. Elle était belle, très délicate. Tu lui ressembles...

Voyant l'expression de sa fille, Carl posa son verre. Il n'était pas un père très aimant, mais il ne manquait pas d'intelligence.

— Si c'est la santé de ta mère qui t'inquiète, rassure-toi. Glenna avait toujours été fantasque et la boisson n'a rien fait pour arranger les choses. Mais je n'ai jamais rien constaté de ce genre chez toi. Crois-moi, je t'ai bien observée.

— C'est vrai ? murmura Johanna.

— Tu n'as jamais été dans les extrêmes. Apparemment, tu as suffisamment hérité de moi pour annuler le reste.

Elle leva les yeux vers lui.

— Tu crois ? Je me demandais, justement, si j'avais hérité quoi que ce soit de toi.

Le regard de Carl était si indifférent qu'elle ne put croire qu'il jouait la comédie.

*La couleur des roses*

— Tu es productrice, non ? Et une bonne, de surcroît ! Les Patterson ont toujours été de fortes personnalités. Tu es ambitieuse, aussi. Je dirais que tu tiens plutôt de ma grand-mère. C'était une femme sensée qui ne serait pas restée assise, à regarder le monde tourner. Tu as hérité de ses cheveux, aussi.

Un peu troublée, Johanna leva la main jusqu'à ses cheveux.

— Ta grand-mère ?
— Ta mère ne t'a pas transmis cette blondeur. Interroge sa coiffeuse, c'était l'un de ses secrets les mieux protégés. Elle était brune. Dieu sait que tu n'as pas reçu d'elle cette chevelure pâle.

Ainsi, il était son père, après tout. Immobile, Johanna attendait un afflux de sentiments, mais rien ne vint. Elle soupira. Rien n'avait réellement changé… Puis elle sourit. Si… Quelque chose venait peut-être de se modifier.

Elle se leva et consulta sa montre.

— J'aimerais que tu me parles de ta grand-mère un de ces jours, mais je dois vraiment m'en aller. Je serai absente pendant quelques jours.
— Tu pars ? Quand ?
— Ce soir.

## *La couleur des roses*

Johanna attrapa le dernier avion. Avant l'embarquement, elle eut juste le temps d'appeler Bethany pour l'avertir de son départ et lui demander de nourrir son chat. Beth avait été réveillée d'un profond sommeil, mais elle s'en remettrait.

Perdue dans ses pensées, Johanna regarda Los Angeles disparaître dans la nuit avec tout ce qui avait constitué sa vie antérieure. Elle franchissait le plus grand pas de toute son existence, sans savoir si elle atterrirait sur un terrain solide.

Elle s'endormit quelque part au-dessus du Nevada, pour s'éveiller au-dessus du Nouveau-Mexique, en proie à la panique. Quelle folie était-elle en train d'accomplir à des milliers de kilomètres de chez elle sans même une brosse à dents ? Elle n'avait même pas vérifié les questionnaires ! Et qui se chargerait de John Jay ?

Quelqu'un d'autre, se dit-elle. Pour une fois, ce serait quelqu'un d'autre.

Elle arriva à Baltimore un peu après l'aube. L'aéroport était presque désert et l'air frais. Elle se félicita d'avoir sa veste, celle qu'elle avait enfilée le matin même, lorsqu'elle était encore pourvue de raison.

Sous un ciel gris et prometteur de pluie, elle monta dans un taxi et donna au chauffeur l'adresse de Sam.

Arrivée devant l'hôtel, elle paya la course en évitant

*La couleur des roses*

de penser. La bruine s'était mise à tomber quand elle pénétra dans le hall. Appartement 621... Au moins, elle connaissait le numéro, ce qui lui évitait le désagrément d'avoir à se renseigner à l'accueil.

Serrant la bandoulière de son sac, elle s'engouffra dans l'ascenseur, et parvint même devant la porte de Sam d'un pas relativement ferme.

Elle y était maintenant.

Que ferait-elle s'il ne voulait plus d'elle ? Et s'il n'était pas seul ? Après tout, elle l'avait repoussé, elle avait refusé de l'écouter... Il était libre de... faire ce qu'il voulait, avec qui il voulait.

Certaine de ne pas pouvoir supporter cette épreuve, elle fit demi-tour.

C'était absurde ! Elle n'avait pas parcouru des milliers de kilomètres pour reculer au dernier moment. Les épaules droites et le menton dressé, elle frappa à la porte. L'estomac noué, elle chercha machinalement son tube de calmants dans sa poche. Ses doigts rencontrèrent la petite boîte de velours. Elle y puisa le courage de frapper une seconde fois.

Sam s'éveilla en jurant. Ils avaient travaillé jusqu'à 2 heures du matin, et maintenant un abruti cognait à la porte.

*La couleur des roses*

Groggy et assoiffé de vengeance, il s'enveloppa d'un drap pour aller ouvrir.

— Bon sang !

La bouche sèche, il fixait l'apparition. Il devait rêver ! Johanna se trouvait à des années-lumière de Baltimore, bien enfouie sous ses couvertures !

— Je suis désolée de t'avoir réveillé. J'aurais dû... attendre.

« Je n'aurais jamais dû venir », pensait-elle avec désespoir.

Soudain, elle ne pensa plus du tout, car il l'entraînait dans la chambre et claquait la porte derrière elle. Puis elle fut contre lui, captive d'une bouche chaude qui pressait la sienne.

— Pas un mot ! ordonna-t-il. Pas encore.

Il lui retirait sa veste, se battait avec les boutons de son chemisier. Avec un rire étranglé, elle tira sur le drap qui entourait Sam tandis qu'il faisait glisser sa jupe le long des hanches de la jeune femme...

Il la souleva dans ses bras pour l'emporter vers le lit. Elle avait eu raison de venir, se dit-elle. Quoi qu'il arrive ensuite, elle avait eu raison de prendre ce moment de bonheur. Et de le lui donner aussi.

Totalement accordés l'un à l'autre, ils accédèrent ensemble au sommet du plaisir. Au loin, le tonnerre avait commencé de gronder, bientôt suivi d'une

*La couleur des roses*

tempête qui fit trembler toute la ville. C'est à peine si Johanna et Sam s'en aperçurent. Ils étaient seuls au monde, isolés par l'amour.

Enfin, une lueur grise pénétra dans la chambre. Pour Johanna, c'était le plus beau matin de sa vie.

— Tu passais par là ? murmura Sam.

— J'avais une affaire urgente à régler sur la côte Est.

— Je vois. Tu es sans doute en quête de concurrents ?

— Pas exactement. Tu penses être appelé de bonne heure ce matin ?

— Si la pluie persiste, ce que j'espère, je ne serai pas appelé du tout. Il ne reste plus qu'une scène à tourner et nous aurons terminé.

Johanna eut une moue taquine.

— Tu as dû être débordé pendant ces trois semaines.

— Un peu.

— Sans doute étais-tu trop occupé pour me téléphoner ?

— Non.

Elle se dressa sur un coude.

— Non ?

— Je n'ai pas appelé, c'est tout.

— Je vois.

Elle esquissait un mouvement pour s'asseoir, quand elle se retrouva sur le dos, Sam au-dessus d'elle.

*La couleur des roses*

— J'espère que tu n'as pas l'intention de sortir de cette chambre ?

— J'ai du travail.

— J'apprécie la coïncidence ! Tes affaires t'appellent à Baltimore, tu descends dans le même hôtel que moi, et apparemment dans la même chambre... Pourquoi es-tu venue, Johanna ?

— Je n'ai pas envie d'en discuter. J'aimerais reprendre mes vêtements.

— Bien sûr. Laisse-moi te les apporter.

Stupéfaite, elle le vit ramasser sa jupe, sa veste et son chemisier. Puis il ouvrit la fenêtre et jeta le tout dans la rue.

— Qu'est-ce... qu'est-ce que tu as fait ?

— On dirait que j'ai jeté tes vêtements par la fenêtre.

— Tu es complètement fou ! Je n'ai plus que mes chaussures et mes sous-vêtements ! Que suis-je censée faire, maintenant ?

— M'emprunter une chemise et un jean, je suppose. Je ne saurais discuter avec toi quand tu m'offres un... aussi joli spectacle.

— Je ne ris pas, Sam ! C'était l'un de mes plus beaux tailleurs, et... Mon Dieu ! Dans la poche de ma veste, il y avait...

## La couleur des roses

Complètement nue, Johanna se rua vers la porte. Sam l'arrêta juste à temps.

— Je ne tiens pas à te retrouver en prison pour outrage aux bonnes mœurs, Johanna.

— Sam ! Tu as jeté ma bague par la fenêtre !

— Quelle bague ?

— Celle que tu m'as donnée. Oh ! Pour l'amour de Dieu ! Quelqu'un va la prendre !

— Quoi ? Ta jupe ?

— Je me moque de ma jupe, je veux ma bague !

Sam exhiba la boîte rose de derrière son dos.

— La voici. Elle a dû tomber de ta poche quand... nous nous sommes dit bonjour.

— Tu l'avais depuis le début et tu m'as laissée croire qu'elle était tombée dans la rue ?

— J'étais heureux de constater qu'elle avait de l'importance à tes yeux. Tu veux que je te la passe au doigt ?

— Fais-en ce que tu veux !

— J'attends des suggestions.

Il lui sourit avec un tel naturel qu'elle sentit sa colère faiblir.

— Je... j'ai besoin de m'asseoir une minute.

Sa fureur s'était évaporée. Il était temps de lui donner les raisons de son « passage » à Baltimore.

— Je suis venue te voir.

*La couleur des roses*

— Non ! Vraiment ?
— Ne te moque pas de moi.

Il s'assit auprès d'elle et passa un bras autour de ses épaules.

— Très bien. En ce cas, je t'avouerai que si tu n'étais pas venue ou si tu ne m'avais pas appelé pendant les prochaines vingt-quatre heures, je serais reparti pour Los Angeles, film ou pas film.
— Tu ne m'as pas appelée.
— Non, parce que nous savions tous les deux que c'était à toi de faire le premier pas. Et j'espère que tu as souffert autant que moi. Alors ? Que se passe-t-il ?
— Je voulais te dire que j'ai parlé à mon père, hier soir. Il est bien mon père.

Sam effleura de ses lèvres les cheveux de Johanna.

— Tu te sens mieux ?
— Ce n'est pas une histoire qui se termine en rose, mais c'est bien ainsi. Mon père et moi ne serons jamais proches l'un de l'autre, mais dorénavant je peux l'accepter. Je ne lui ressemble pas, pas plus qu'à ma mère. Il m'a fallu tout ce temps pour l'admettre et c'est très bien comme ça.
— J'aurais pu te le dire, si tu m'avais écouté.
— J'ai quelque chose à te demander, Sam... Pourquoi veux-tu m'épouser ?

*La couleur des roses*

— C'est tout ? Je m'attendais à pire. Je veux t'épouser parce que je t'aime et que j'ai besoin de toi.
— Et demain ?
— Je ne peux rien te promettre. Je voudrais qu'il existe des garanties, mais il n'y en a pas. Je peux simplement te dire que lorsque je pense à demain, quand je me vois dans dix ans, tu es toujours à mes côtés.

Il ne pouvait choisir des mots plus justes, pensa-t-elle en lui caressant le visage. Il n'y avait pas de garanties, mais il y avait une chance, une bonne.

— Il y a autre chose...
— Je t'écoute.
— Crois-tu au Père Noël ?

Il n'hésita pas une seconde.

— Bien sûr. N'est-ce pas le cas de tout le monde ?

Elle sourit.

— Je t'aime, Sam.
— C'est ce que j'espérais entendre.
— On dirait que tu as gagné.

Elle lui abandonna sa main pour qu'il pût lui passer la bague au doigt. Elle semblait faite pour elle.

— Nous avons gagné tous les deux, murmura Sam à son oreille.

Composé et édité par HarperCollins France.

Achevé d'imprimer en avril 2018.

**CPi**
BLACK PRINT

Barcelone

Dépôt légal : mai 2018.

Pour limiter l'empreinte environnementale de ses livres, HarperCollins France s'engage à n'utiliser que du papier fabriqué à partir de bois provenant de forêts gérées durablement et de manière responsable.

*Imprimé en Espagne.*